CW01213886

LA MUERTE EN VENECIA

MARIO Y EL MAGO

THOMAS MANN

LA MUERTE EN VENECIA

Traducción de Juan José del Solar

MARIO Y EL MAGO

Traducción de Nicanor Ancochea

Prólogo de Francisco Ayala

edhasa

Consulte nuestra página web: www.edhasa.es
En ella encontrará el catálogo completo de Edhasa comentado.

Título original: *Der Tod in Venedig*
Mario und der Zauberer

Diseño de la Colección: Jordi Salvany

Diseño de la cubierta: Edhasa

Traducción de «Mario y el mago»: Nicanor Ancochea

Primera edición: julio de 2010
Segunda reimpresión: noviembre de 2012

© S. Fischer Verlag, Berlín 1913
© de la traducción de «Muerte en Venecia»:
Juan José del Solar y Edhasa
© de la presente edición: Edhasa 2008, 2010

Avda. Diagonal, 519-521	Avda. Córdoba 744, 2º piso, unidad C
08029 Barcelona	C1054AAT Capital Federal, Buenos Aires
Tel. 93 494 97 20	Tel. (11) 43 933 432
España	Argentina
E-mail: info@edhasa.es	E-mail: info@edhasa.com.ar

ISBN: 978-84-350-1883-8

Quedan rigurosamente prohibidas, sin la autorización escrita de los titulares
del *Copyright,* bajo la sanción establecida en las leyes, la reproducción parcial o total
de esta obra por cualquier medio o procedimiento, comprendidos la reprografía
y el tratamiento informático, y la distribución de ejemplares
de ella mediante alquiler o préstamo público.
Diríjase a CEDRO (Centro Español de Derechos Reprográficos,
www.cedro.org) si necesita fotocopiar o escanear algún fragmento de esta obra.

Impreso en Liberdúplex

Depósito legal: B-38.862-2011

Impreso en España

PRÓLOGO

Supongo que al pedírseme un prólogo como introducción a este volumen donde están reunidas dos admirables novelas de Thomas Mann se ha pensado que estoy especialmente calificado para hacerlo por razón de mi familiaridad con la obra de este gran escritor alemán. En efecto, hace ya muchos años traduje, y se publicaron en Buenos Aires, dos de sus obras: *Carlota en Weimar (Lotte in Weimar)* y *Las cabezas trocadas (Die vertauschten Köpfe)*. Escribí por entonces un estudio acerca de él, y hace seis años, con ocasión del centenario de su nacimiento, volví a ocuparme públicamente de su excepcional personalidad en Madrid, Barcelona y Lisboa. Con todo, hasta ahora no había dedicado especial atención a una de las más conocidas, celebradas y –para mí– mejor logradas narraciones de Mann: *La muerte en Venecia*, que se ofrece aquí reunida con *Mario y el mago* (o encantador, o ilusionista, o como quiera verterse al castellano la palabra alemana *Zauberer)*.

Aparte, claro está, de haber salido de la misma pluma, estas dos novelitas tienen en común el estar localizada la acción de ambas en Italia. Pero, aunque tal emplazamiento (y las experiencias y reacciones del autor frente al ambiente) acentúen su aire de familia, la orientación de una y otra difiere bastante. *La muerte en Venecia* fue publicada en 1912; *Mario y el mago*, en 1930. Y basta considerar por un momento los cambios ocasionados en la atmósfera espiritual de Europa por el curso de los acontecimientos históricos durante ese lapso de dieciocho años, y las repercusiones que esos cambios no pudieron dejar de haber tenido sobre las actitudes íntimas del escritor, para explicarse las diferencias que separan a una pieza de la otra, espléndidas obras de arte como son las dos, cada cual a su manera y en su propia ley.

En efecto, nuestro autor se vio muy afectado —y, hay que decirlo, penosamente afectado; en verdad, afligido— por las perturbaciones de un mundo cuya hostilidad a los valores que él apreciaba y por los que él vivía iba creciendo de continuo. En otro lugar me he ocupado con alguna amplitud de las dolorosas incomprensiones y estúpidos ataques que por fidelidad a esos valores debió sufrir, y no podría volver aquí sobre eso sino aludir a ello acaso en breve cifra; pues en cierto modo la presión de los acontecimientos históricos y la fidelidad que, en medio de la tempestad, mantuvo Thomas Mann a los delicados valores de la tradición cultural europea se encuentran cifrados en el contraste y, sin embargo, radical congruencia de estas dos novelas que el lector tiene entre las manos.

Cuando su autor escribió *La muerte en Venecia*, apenas transcurrida la primera década del siglo XX, se estaban apurando las postrimerías de la *belle époque*, y poco faltaba para que estallase la primera guerra mundial. En 1930, fecha de *Mario y el mago*, el fascismo —invento italiano que durante muchos años había sido un fenómeno y casi una ridícula curiosidad local— iba a explotar desquiciando el planeta, al surgir ahora, impetuoso y amenazador, en Alemania: las hordas de Hitler ganaban las elecciones al Reichstag. Hay que entender cada una de estas narraciones colocada en su momento y sazón: de la *belle époque* a una época cargada de angustiosas aprensiones.

Creo que, desde este punto de vista, la interpretación cinematográfica que Luchino Visconti hizo de *La muerte en Venecia* es atinada, y refleja bien, incluso exagerado, el sentimiento de madurez ya decadente que impregna las páginas del libro. No por casualidad había elegido el autor de éste la ciudad adriática como lugar para la acción de su novela. Ya desde el tiempo de su poderío político, para no hablar de su posterior decadencia, la república veneciana se había erigido en símbolo hermosísimo y atroz de muerte y de podredumbre; y quienquiera que la visite, hasta hoy, tiene que percibir, si es sensible, el hálito de esa irresistible belleza letal. (Yo mismo, en más de una viñeta literaria, he dado testimonio de tan inquietante impresión.) No me cuesta trabajo imaginar a Thomas Mann, el escritor reconocido, el aclamado novelista de *Buddenbrooks*, sumido en una crisis espiritual de conciencia y de creatividad como aquella en que presenta a su personaje, Aschenbach, huyendo imaginativamente hacia esa especie de muerte deliciosa que está en Venecia, que es Venecia. Pues si el modelo de Gustav Aschenbach fue el músico Gustav Mahler, no por eso representa menos al escritor mismo, al autor de la novela.

En toda obra literaria hay, como es obvio, inevitable y de todos sabido, un reflejo de la personalidad que la ha producido; y si la obra es de carácter narrativo ocurre con mucha frecuencia que el lector ingenuo interprete lo narrado en ella como si fuese un relato autobiográfico. Algo de autobiografía se da, de cualquier modo, en toda novela; pero el reflejo de la realidad personal del hombre que escribió el libro puede ser directo, o desviado por quién sabe cuántas refracciones; delatar y reproducir en algunos casos hechos concretos, externos y objetivos de su vida, o bien sus emociones íntimas, sus frustraciones, anhelos, temores, fantasías y ensueños. El protagonista de *La muerte en Venecia* es, al comienzo, un claro y deliberado trasunto, un autorretrato en sesgo irónico del escritor que «había aprendido a representar el papel de hombre importante» y que administraba su fama manteniendo una correspondencia con gentes selectas, es decir, del propio autor, tal cual se veía en el espejo de su imaginación creadora.

Los críticos han reconocido en efecto que los rasgos profesionales, sociales y familiares del personaje ficticio reproducen con sólo leves cambios, y muy deliberadamente, los del hombre que lo concibiera: este personaje, Aschenbach, es un escritor de nombre y prestigio ya establecidos (recuérdese que *Buddenbrooks*, publicado en 1901, había colocado a Mann en posición tal), hijo de un burgués alemán y de una madre de estirpe extranjera, y que padece luchas internas en el proceso creativo que, según aparecen expuestas en el texto, tienen el son inconfundible de una experiencia real trasladada al terreno de la ficción. Era práctica constante de nuestro novelista y –pudiéramos decir– constituía su técnica, la de apoyar el relato, que debía alcanzar un alto grado de complejidad simbólica, sobre hechos observados con fría y objetiva sobriedad, estableciendo así el tránsito desde el realismo que prevalecía aún al iniciarse él en las letras hacia las corrientes renovadoras que, por aquel entonces, estaban superando en todas partes ese realismo. Una vez trazado el retrato de Aschenbach a base de su propia imagen (con unos toques, si se quiere, de la figura de Mahler), lanzará al personaje en su fuga en pos de la muerte, que es sin duda una fuga del escritor, conducido por la fantasía, tras algún inconcreto deseo reprimido para alcanzar en el trayecto de este viaje imaginario, de este vuelo poético, la percepción de signos trascendentales que apuntan a una esfera superior del espíritu.

¿Cuáles son esos signos? Con esta pregunta ingresamos ya en el campo de la invención literaria, donde Thomas Mann es maestro. Un examen atento de la composición de su libro nos revela los recursos técnicos puestos por él en juego para infundir en nosotros el estado de ánimo que nos predisponga a acompañarle y entrar a su lado, o de su mano, en la dicha esfera de altas significaciones. Las intimaciones de muerte se hacen sentir desde muy pronto. El escritor reputado y respetado, «aburguesado», y ahora ennoblecido, que es Gustav von Aschenbach se ha detenido, durante un paseo, a esperar un tranvía junto al cementerio, todo lo cual no es sino cotidiano y corriente. Parecería serlo también, pero ya, sin embargo, con una nota de extrañeza, el que durante su distraída espera vea salir del pórtico del cementerio a un hombre en atuendo deportivo y aspecto extranjero que enseguida atrae su atención y le da una sensación fantasmal. Ese encuentro será el resorte que, por lo pronto, dispara al protagonista hacia lo ignoto de la aventura (una aventura moderada de momento, burguesa todavía, de excursión veraniega a una playa mediterránea). Pero durante el viaje, y cuando ya el veraneante ha decidido dirigirse a Venecia, una nueva aparición turbadora, molesta e igualmente fantasmal surge ante sus ojos: la del viejo verde que, a primera vista, confundió por sus movimientos, actitud y conducta con un joven entre otros, pero que enseguida muestra ser un anciano sin dignidad, vejestorio repugnante, maquillado, que zascandilea y termina por embriagarse. Esta figura, que desempeña, como la del viajero en el cementerio, un papel sólo accesorio, pues nunca más vuelve a aparecer en la narración, prefigura su propio destino, ya que más adelante, enamorado del adolescente polaco, Aschenbach se dejará teñir el pelo y maquillar la cara por un barbero oficioso. Son espejos perversos que distorsionan y exageran su fisonomía, no tanto física como moral, de igual manera que lo será, hacia el final, el director del grupo de músicos mendigos, caricatura viviente del artista con su azorante combinación de genialidad y vileza, de superior fascinación e invencible repulsa.

Junto a estos símbolos, son otros muchos los que usa Mann, siempre con la misma técnica de apoyarse en los objetos de la realidad más comprobable o, siquiera, probable. Así, por ejemplo, la góndola que, un poco en contra de su voluntad y bajo resignada protesta, lo transporta al Lido, «negra, como sólo pueden serlo, entre todas las cosas, los ataúdes», hace pensar al viajero en la noche sombría, en el ataúd y en el último viaje silencioso, y es clara referencia a la barca de Caronte bogando hacia la laguna Estigia. (Y no olvidemos por otra parte que el propio apellido de Aschenbach significa, literalmente, «arroyo de cenizas», alusión al destino postrero del hombre que en la corriente de su vida lleva anticipada ya la muerte infalible.) Vendrá luego la contaminación, la epidemia, el mal olor, la pesadilla que agotará sus fuerzas... Hasta esa fruta, demasiado madura y blanda, que va a transmitirle el germen mortífero puede valer como un símbolo de su caída. De esta manera, con meditado y calculado arte en el que oportunamente se hace entrar la cita de Platón en cuanto estímulo intelectual para una reflexión del artista acerca de la esencia del erotismo que le ha invadido, expresa en fin la obra el proceso dionisíaco desde lo razonable-burgués hasta la exaltación estética encarnada y convertida en transporte vital que, por paradoja, no tendrá otra salida que la de la muerte.

La lealtad de Thomas Mann a los valores más altos del espíritu se manifiesta en esta preciosa novela como compromiso con las tendencias literarias de su momento histórico, que era —dicho queda— el de unas prolongadas postrimerías de la *belle époque*. Pero la calma casi extática de ese momento, que tanto se prestaba al cultivo y florecimiento de una delicada, sensible y refinadísima melancolía, era preludio de la tormenta en ciernes. La primera guerra mundial desencadenaría enseguida fuerzas brutales que habían de atormentar al mundo y obnubilar muchos cerebros. El de nuestro escritor, tan lúcido, no dejó de percibir la presencia de esas fuerzas siniestras, ni su conciencia de intelectual, tan alerta, iba a permitirle desentenderse de su amenaza. La novelita *Mario y el mago* es —entre otros escritos suyos de diversa índole— un testimonio rendido en términos de creación poética.

Por su propia declaración sabemos que la escribió casi de un tirón en 1929 (el año, notémoslo, en que levantaba la cabeza el nazismo alemán), sirviéndose de las impresiones guardadas en su memoria de cierto incidente que durante unas vacaciones anteriores había presenciado en Forte di Marmi, cerca de Viareggio. Los críticos que se han ocupado de esta narración no han pasado de largo por las fuertes implicaciones políticas que contiene. Ahí, el mago, Cipolla —cuyo nombre tiene por lo pronto una inflexión cómica: la cebolla es una modesta hortaliza que puede hacernos llorar–, un «artista» que además de sus juegos de prestidigitación y trucos de baraja posee dotes extraordinarias de hipnotizador, actúa frente al público sometiéndolo a su voluntad, humillándolo y degradándolo, a la vez que le encanta. Tras domesticar a algunos espectadores recalcitrantes, ha comenzado con sencillos experimentos matemáticos y juegos de cartas para proceder enseguida a demostraciones más impresionantes de su poderío, tales como la de poner rígido a uno de los jóvenes espectadores con la cabeza apoyada sobre una silla y los pies en otra para sentarse sobre él como en un banco, hasta obligar en fin a varias personas a que bailen contra su voluntad sobre el tablado. Este mago de feria, que por dos veces ha alzado su mano derecha haciendo el saludo romano, y que por último sugestiona al inocente camarero Mario para que, entregado por entero a su albedrío, haga el ridículo en una patética y bufa transferencia de sentimientos, no hay duda de que representa a Mussolini, entonces en el apogeo de su gloria. Y toda la situación puede interpretarse sin dificultad alguna como una alegoría de la Italia sometida al fascismo, con la contradictoria mezcla de exaltación y repulsión que el público de Cipolla siente frente al sospechoso mago.

Pero el caso es que Thomas Mann, el autor del relato, no quería prestarse demasiado a tan obvia interpretación, o –mejor– no quería reducirse a ella, y creo poder imaginarme bien por qué. Reducir su obrita a una sátira del régimen fascista y su Duce, o incluso a un análisis esquemático de las fuerzas psicológicas y sociales en que se sustentaba, hubiera sido tanto como destacar un solo aspecto, el más ostensible, de su total estructura, vinculándolo a un fenómeno político en sí mismo transitorio;

esto es, hacer que la anécdota fingida en la novelita remitiera a otra anécdota —el régimen de Mussolini—, en lugar de remitir hacia una visión profunda de rasgos que, para bien o para mal, son permanentes en la condición humana. Los lectores, y también muchas veces esos lectores calificados que son los críticos, propenden a dejarse satisfacer con tales referencias factuales, evitando así la necesidad de escrutar en profundidades que pudieran ser abismáticas. Y al contentarse de este modo con haber identificado en la obra aquello que enseguida se destaca por su parentesco con la experiencia cotidiana, sean las peripecias de la vida pública con sus antagonismos, sean las de la vida privada en cuanto se presta a la curiosidad chismosa, lo que hacen es volcar la realidad imaginaria en el común vertedero de la realidad práctica, pasando por alto —o por bajo, mejor dicho— la sutil complejidad que, en su ilusorio cuerpo, encierra la obra artística, como el espectador que de un cuadro sólo advierte la escena pintada en su lienzo. Lo cual es una mala manera de caer en la trampa del arte, tragándose su mentira. Pues no olvidemos que, según Platón señala, los poetas son mentirosos; que la obra de arte, con su reticencia e ironía, constituye un engaño y, en tal sentido, su éxito consistirá, aunque parezca paradójico, en que se la tome por lo que no es. Entre las maneras de sucumbir a su apariencia, la más burda, pero no por ello la menos frecuente, es tomar el poema por tesis, alegato, diatriba, apología, lamentación, en suma: vida.

En efecto: bajo la superficie falaz que consiente asociar la obra de imaginación poética con las cuitas del vivir diario, el poema (y llamo poema a toda obra de arte literario) es por su propia naturaleza ambiguo, y alberga en su seno la posibilidad de múltiples interpretaciones, tal vez inconciliables, en todo caso diferentes, que invitan a una paralizante perplejidad. Los detractores políticos que durante un cierto período de la segunda posguerra mundial atacaron con saña a nuestro autor acusándolo de tibio, o de remiso, o de irresoluto e insuficiente en su actitud frente al totalitarismo fascista, pueden tener en esto una sombra de justificación, ya que la creación literaria quizás enerva y quita la energía para actuar con decisión ciega. Pues ¿no cabe incluso, en *Mario y el mago*, sentir alguna simpatía compasiva por el particular destino de ese patético personaje que es el mismo mago Cipolla? Desde el ángulo de la política, al enemigo no hay que darle cuartel. Los poetas deben, así, ser expulsados de la república, según Platón decretaba. Pero Platón era también un poeta, de manera que no deben tomarse sus afirmaciones al pie de la letra y por su sentido superficial.

Francisco Ayala, 1982

LA MUERTE EN VENECIA

1

Gustav Aschenbach —o Von Aschenbach, como se le conocía oficialmente desde su quincuagésimo aniversario— salió de su apartamento de la Pinzregentenstrasse, en Munich, para dar un largo paseo a solas. Era una tarde de primavera de aquel año de 19..., que durante meses mostró a nuestro continente un rostro tan amenazador y cargado de peligros. Sobreexcitado por el difícil y azaroso trabajo matinal, que le exigía justamente en esos días un máximo de cautela, perspicacia, penetración y voluntad de rigor, el escritor no había podido, ni siquiera después de la comida, detener en su interior las expansiones del impulso creador, de ese *motus animi continuus* en el cual reside, según Cicerón, la esencia de la oratoria, ni había encontrado tampoco ese sueño reparador que, dado el creciente desgaste de sus fuerzas, tanto necesitaba una vez al día. Por eso decidió salir de casa después del té, confiando en que un poco de aire y movimiento lo ayudarían a recuperarse y le procurarían una fructífera velada.

Principiaba el mes de mayo, y, tras varias semanas húmedas y frías, había llegado un tiempo falsamente estival. Aunque vestido sólo de hojas tiernas, el Jardín Inglés olía a moho como en agosto y se hallaba, en las zonas próximas a la ciudad, repleto de carruajes y transeúntes. En la posada del Aumeister, adonde lo condujeron caminos cada vez más silenciosos y apartados, pudo observar Aschenbach, por un momento, la animación popular del jardín, a cuyos bordes aguardaban unas cuantas berlinas y coches de lujo; de allí, cuando el sol empezaba a ponerse, emprendió la vuelta saliendo del parque, a campo traviesa, y como se sentía cansado y por el lado de Föhring amenazaba tormenta, decidió esperar, junto al Cementerio del Norte, el tranvía que habría de llevarlo directamente a la ciudad. La parada y sus alrededores estaban, por casualidad, totalmente desiertos. No se veía un solo coche en la Ungererstrasse, entre cuyo adoquinado deslizábanse, solitarios y brillantes, los rieles del tranvía de Schwabing, ni en la Föhringer Chaussee. Nada se movía tras el cerco de las marmolerías, donde las cruces, lápidas y monumentos funerarios ofrecidos en venta formaban un segundo cementerio, deshabitado, frente al cual se alzaba, silencioso entre los últimos resplandores del día, el edificio bizantino de la capilla mortuoria. La ornamentación de cruces griegas y figuras hieráticas pintadas en tonos claros sobre la fachada alternaba con inscripciones en letras doradas, simétricamente dispuestas, que reproducían una selección de frases bíblicas alusivas a la vida futura: «Entrarán en la mansión de Dios» o «Que la luz perpetua los alumbre». Aschenbach llevaba ya varios minutos de seria distracción descifrando esas fórmulas y dejando que las miradas de su espíritu se perdiesen en las transparencias de aquel misticismo cuando, volviendo de su ensoñación, divisó en el pórtico, por encima de las dos bestias apocalípticas que vigilaban la escalera, a un hombre cuyo inusitado aspecto marcó un rumbo totalmente distinto a sus pensamientos.

Era difícil determinar si había salido de la capilla por la puerta de bronce, o si, viniendo de fuera, había subido allí de improviso. Sin profundizar particularmente en la cuestión, Aschenbach se inclinaba por la primera hipótesis. De mediana estatura, flaco, sin barba y con una nariz extrañamente roma, el hombre tenía esa piel lechosa y cubierta de pecas típica de los pelirrojos. A todas luces no era de origen bávaro; al menos el sombrero de fieltro de alas anchas y rectas que cubría su cabeza le imprimía un aire foráneo, de oriundo de lejanas tierras, si bien es cierto que llevaba a la espalda una de esas mochilas típicas del país y, al parecer, vestía un amarillento traje de paño tirolés con correa. Una esclavina impermeable colgaba de su antebrazo izquierdo, apoyado en la cintura, y en la mano derecha empuñaba un bastón con contera de hierro que mantenía fijo en el suelo, y en cuyo puño, teniendo él los pies cruzados, descansaba su cadera. Con la cabeza erguida, de suerte que su manzana de Adán, pelada y prominente, adquiriría aún mayor realce en el magro cuello que emergía de la camisa deportiva, escrutaba la lejanía con sus ojos incoloros, de pestañas rojizas, entre los cuales, y armonizando extrañamente con su nariz corta y achatada, se abrían dos enérgicas arrugas verticales. Esto —y acaso la altura del lugar en que se hallaba reforzara esta impresión— daba a su postura un aire dominador e imperioso, temerario y hasta fiero; pues ya fuera porque los reflejos del poniente lo obligaran a hacer muecas, ya porque tuviese una deformación permanente en el rostro, sus labios parecían excesivamente cortos: se habían replegado por completo detrás de los dientes que, blancos y largos, sobresalían en el centro, descubiertos hasta las encías.

Es posible que al examinar al forastero con una mirada entre inquisitiva y distraída, Aschenbach pecase de indiscreto, pues de pronto advirtió que el otro respondía tan directa y agresivamente a su mirada, con la intención tan evidente de llevar las cosas al extremo y obligarle a bajar la vista que, penosamente confundido, se volvió y empezó a pasearse a lo largo del cerco, con el eventual propósito de no prestar más atención al individuo. Un minuto después ya lo había olvidado. Pero ya fuera que los aires de excursionista del forastero incidiesen en su imaginación, o que entraran en juego otras influencias psíquicas o físicas, lo cierto es que notó, sumamente sorprendido, una curiosa expansión interna, algo así como un desasosiego impulsor, una apetencia de lejanías juvenil e intensa, una sensación tan viva, nueva o, al menos, tan desatendida y olvidada hacía tanto tiempo que, con las manos a la espalda y la mirada fija en el suelo, permaneció un rato inmóvil para analizar la sensación en su esencia y objetivos.

Eran ganas de viajar, nada más; pero sentidas con una vehemencia que las potenciaba hasta el ámbito de lo pasional y alucinatorio. De su deseo surgieron visiones; su imaginación, no apaciguada aún desde que iniciara la pausa en el trabajo, y empeñada en representarse de golpe todos los horrores y prodigios de la abigarrada Tierra, se forjó con ellos un modelo. Y vio, vio un paisaje, una marisma tropical bajo un cielo cargado de vapores, un paisaje húmedo, exuberante y monstruoso, una especie de caos primigenio poblado de islas, pantanos y cenagosos brazos de río; entre una lasciva profusión de helechos, sobre una maraña de vegetación ubérrima, turgente y de disparatadas floraciones vio erguirse velludos troncos de palmera, próximos y lejanos; vio árboles extrañamente deformados hundir sus raíces en un suelo de aguas estancadas y sombríos reflejos verduzcos, donde, entre flores acuáticas de color lechoso y grandes como bandejas, grupos de aves exóticas de pico monstruoso y cuello hundido miraban de soslayo, inmóviles en medio de los bajíos; entre las nudosas cañas de un bosque de bambúes vio brillar las pupilas de un tigre acechante... y sintió su corazón latir de miedo y de enigmáticos deseos. Desvanecida la visión, Aschenbach sacudió la cabeza y reanudó su paseo a lo largo del cerco de las marmolerías.

Al menos desde que contaba con medios para disfrutar a su antojo de las comunicaciones internacionales, viajar no había sido para él sino una medida higiénica que, aun contra su voluntad, era preciso adoptar de tanto en tanto. Excesivamente ocupado con las tareas que le imponían su yo y el alma europea, gravado en exceso por el imperativo de producir, y demasiado reacio a la distracción para enamorarse del abigarramiento del mundo exterior, se había contentado con la idea que cada cual puede hacerse de la superficie de la Tierra sin alejarse demasiado de su propio círculo, y nunca había sentido la menor tentación de abandonar Europa. Sobre todo desde que su vida empezara a declinar lentamente, desde que el miedo a no llevar su obra a término —esa preocupación, tan propia de los artistas, de que la arena del reloj pueda escurrirse antes de que hayan culminado su tarea y logrado su plena realización— dejara de ser un simple capricho desdeñable, su vida exterior se había limitado, en forma casi exclusiva, a la hermosa ciudad que le servía de patria y a la severa casa de campo que se había hecho construir en la montaña y en la cual pasaba los lluviosos veranos.

Además, aquel capricho que tan tardía y súbitamente acababa de asaltarlo no tardó en ser morigerado y rectificado por la razón y una autodisciplina practicada desde sus años juveniles. Tenía la intención de no partir al campo antes de haber avanzado hasta cierto punto la obra para la cual vivía, y la idea de recorrer mundo, alejándose de su trabajo algunos meses, pareciole demasiado inconsistente y contraria a sus planes para ser tomada seriamente en cuenta. No obstante, sabía muy bien de qué profundidades había emergido tan de repente aquella tentación. Afán impetuoso de huida —¿por qué no confesárselo?— era esa apetencia de lejanía y cosas nuevas, ese deseo de liberación, descarga y olvido, ese impulso a alejarse de la obra, del escenario cotidiano de una entrega inflexible, apasionada y fría. Cierto es que la amaba, como también amaba —o casi— esa enervante lucha, diariamente renovada, entre su orgullosa y tenaz voluntad, tantas veces puesta a prueba, y una creciente lasitud que nadie debía sospechar en él y que nada, ningún síntoma de flaqueza o de incuria, debía dejar traslucir en el producto de su labor. Pero también parecía razonable no tensar demasiado el arco, ni empeñarse en sofocar una necesidad que tan vivamente irrumpía. Pensó en su trabajo, pensó en el pasaje en que ese día, como el anterior, había debido abandonarlo de nuevo, y que no parecía muy dispuesto a someterse a un tratamiento paciente ni a un veloz golpe de mano. Volvió a examinarlo, tratando de apartar o resolver el obstáculo, pero se rindió con un escalofrío de disgusto. Y no es que el pasaje fuera particularmente difícil, no; lo que lo paralizaba eran los escrúpulos del desgano, que se le presentaba como una insatisfacción imposible de contentar con nada. Cierto es que ya de joven había considerado la insatisfacción como la esencia y la naturaleza más íntima del talento, y por ella había refrenado y enfriado el sentimiento, al que sabía propenso a conformarse con un alegre «más o menos» y una perfección lograda a medias. ¿Se querría vengar ahora su esclavizada sensibilidad abandonándolo, negándose a dar impulso y a prestar alas a su arte, llevándose consigo todo el placer, todo el encanto de la forma y la expresión? No es que lo que escribiese fuera malo: esa era, al menos, la ventaja de su edad, que lo hacía sentirse en todo momento, y muy serenamente, seguro de su maestría. Pero mientras la nación la honraba, él mismo estaba descontento de ella y tenía la impresión de que su obra no ofrecía muestras de ese humor lúdico y fogoso que, fruto de la alegría, sustentaba, más que cualquier contenido intrínseco o mérito importante, el deleite del público lector. Temía el verano en el campo, la soledad en esa casita compartida con una criada que le preparaba la comida y un mayordomo que se la servía; temía el rostro familiar de las montañas, cuyas cumbres y laderas circundarían de nuevo su insatisfecha morosidad. Le hacía falta, pues, un paréntesis, cierto contacto con la improvisación y la holgazanería, un cambio de aires que le renovara la sangre a fin de que el verano fuese tolerable y fecundo. Viajar, sí..., aceptaba la idea. No demasiado lejos; no precisamente hasta el país de los tigres. Una noche en litera y tres o cuatro semanas de descanso en uno de esos centros de veraneo cosmopolitas del entrañable sur...

En esto pensaba mientras el ruido del tranvía se iba aproximando por la Ungererstrasse; y al subir decidió consagrar aquella tarde al estudio de mapas e itinerarios. Ya en la plataforma, se le ocurrió buscar con la mirada al hombre del sombrero de fieltro, compañero, al fin y al cabo, de una espera tan rica en consecuencias. Pero no logró descubrir su paradero, pues no estaba donde lo había visto poco antes, ni en la parada, ni dentro del tranvía.

2

El autor de la impecable y vigorosa epopeya en prosa sobre la vida de *Federico de Prusia*; el paciente artista que, con inquebrantable ahínco, había tejido un tapiz novelesco titulado *Maya*, convocando a un sinnúmero de personajes y destinos humanos bajo la sombra de una idea; el creador de ese pujante relato que, bajo el título de *Un miserable*, había revelado a toda una juventud agradecida la posibilidad de mantener cierta entereza moral más allá de las profundidades del conocimiento; el autor, por último (y aquí se cierra la lista de obras de su madurez), del apasionado ensayo sobre *El espíritu y el arte*, cuya energía ordenadora y elocuencia antitética indujeron a severos críticos a compararlo con las reflexiones de Schiller sobre la poesía ingenua y sentimental: Gustav Aschenbach, en suma, había nacido en L., cabeza de partido de la provincia de Silesia, donde su padre ocupaba un alto cargo en la administración judicial. Sus antepasados habían sido oficiales, jueces y funcionarios públicos, hombres todos que habían dedicado su rígida, honesta y pobre vida al servicio del rey y del Estado. Una espiritualidad algo más íntima se había encarnado, en cierta ocasión, en la persona de un predicador; y en la generación anterior, la madre del escritor, hija de un maestro de capilla bohemio, había aportado a la familia una sangre más cálida y sensual. De ella provenían los rasgos raciales foráneos de Aschenbach.

La fusión de un sentido del deber austero y escrupuloso con impulsos más oscuros y fogosos dio origen a un artista, a ese peculiar artista.

Como su ser entero aspiraba a la fama, pronto se reveló, si no propiamente precoz, sí maduro y apto para incidir sobre el público gracias al carácter resuelto y a la personal enjundia de su entonación. Siendo aún estudiante de bachillerato ya tenía un nombre. Diez años después había aprendido, desde su escritorio, a representar el papel de hombre importante, a administrar su fama, a ser amable y expresivo en su correspondencia, necesariamente breve (pues mucho se le pide a quien consigue éxitos y es digno de fiar). A los cuarenta años, extenuado por los esfuerzos y vicisitudes propios de su trabajo, tenía que despachar diariamente un correo que llevaba sellos de los principales países del mundo.

Alejado por igual de lo trivial y de lo excéntrico, su talento era capaz de atraerse los favores del gran público y el interés admirativo y exigente de los descontentadizos. Y así, obligado desde temprana edad y por todas partes a rendir el máximo, jamás había conocido el ocio ni el despreocupado abandono de la juventud. Cuando, al filo de los treinta y cinco años, cayó enfermo en Viena, un fino observador dijo sobre él en una reunión de sociedad: «Vean ustedes, Aschenbach ha vivido siempre así —y cerró el puño izquierdo—, nunca así», y dejó que su mano abierta colgara libremente del brazo del sillón. Era cierto. Y lo moralmente heroico del caso era que distaba mucho de tener una constitución robusta, y se sentía más bien llamado, no predispuesto por naturaleza, a soportar esa tensión constante.

La previsión de los médicos había excluido de la escuela al adolescente, obligándolo a tomar clases particulares en su casa. Pese a haber crecido solo, sin compañeros, no tardó mucho en notar que pertenecía a una generación en la que no escaseaba el talento, sino la base física que éste precisa para florecer: una generación acostumbrada a dar muy pronto lo mejor de sí misma, y cuya capacidad creadora raras veces resistía el paso de los años. Su palabra predilecta era, sin embargo, *resistir*, y en su novela sobre Federico el Grande no veía sino la glorificación de esta divisa que, a su entender, condensaba la virtud del que padece por su actividad. También deseaba ardientemente llegar a viejo, pues siempre había pensado que sólo es en verdad grande, perfecto y digno de auténtico respeto el artista capaz de realizarse creativamente en todas las fases de la vida humana.

Y como quería cargar sobre sus delicados hombros –para llevarlas lo más lejos posible– las tareas que su talento le imponía, tenía una extrema necesidad de disciplina, y ésta era, por suerte para él, una herencia innata que había recibido de su padre. A los cuarenta, a los cincuenta años, como a una edad en que otros se disipan, fantasean y aplazan confiadamente la realización de sus grandes proyectos, él empezaba su día temprano, dándose duchas de agua fría en el pecho y la espalda; y tras encender dos largos cirios en los candelabros de plata que flanqueaban su manuscrito, ofrendaba al arte, en dos o tres horas de ferviente y meticulosa dedicación matinal, las fuerzas acumuladas durante el sueño. De ahí que fuera perdonable –y hasta supusiera realmente el triunfo de su moralidad– el que los profanos considerasen el universo de *Maya* o los frescos épicos que servían de fondo a la heroica vida de Federico, como el producto de una concentración de energías y de una labor dilatada, cuando esas obras debían su grandeza más bien a la acumulación, repartida en breves jornadas de trabajo, de cientos de inspiraciones sueltas, y sólo eran tan perfectas en cada detalle porque su creador, con una fuerza de voluntad y una tenacidad muy similares a las que conquistaron su provincia natal, había aguantado años sometido a la tensión de una sola y misma obra, dedicando sus horas más dignas y activas a la tarea propiamente creadora.

Para que una obra espiritual relevante pueda tener sin demora una incidencia amplia y profunda, ha de existir una secreta afinidad, cierta armonía incluso, entre el destino personal de su autor y el destino universal de su generación. Los hombres no saben por qué consagran una obra de arte. Pese a no ser, ni mucho menos, conocedores, creen descubrir en ella cientos de cualidades para justificar tanta aceptación; pero la verdadera razón de sus favores es un imponderable: es simpatía. En un pasaje poco conspicuo de su obra, Aschenbach había anotado sin ambages que casi todo lo grande que existe, existe como un «a pesar de», y adquiere forma pese a la aflicción y a los tormentos, pese a la miseria, al abandono y a la debilidad física, pese al vicio, a la pasión y a mil impedimentos más. Pero más que de una simple observación, se trataba de una experiencia, de la fórmula misma de su vida y de su fama, de la clave para abordar su obra. ¿Cómo extrañarse, pues, de que esta idea moldeara también el carácter moral y la conducta exterior de los personajes más auténticamente suyos?

Sobre este nuevo tipo de héroe –preferido de nuestro escritor y encarnado en una amplia gama de personajes recurrentes–, un sagaz analista había escrito ya tempranamente que simbolizaba «una virilidad intelectual adolescente que, aun con el cuerpo traspasado por lanzas y espadas, aprieta los dientes y se mantiene firme en su altivo pudor». Era una fórmula bella, ingeniosa y exacta, pese a su carácter excesivamente pasivo en apariencia. Pues la entereza ante el destino y la gracia en medio del sufrimiento no sólo suponen resignación paciente: son también actividad, un triunfo positivo, y la figura de san Sebastián es el más bello símbolo, si no del arte en general, al menos de este tipo de arte. Observando en profundidad aquel universo narrativo se advertía: un elegante autodominio que, hasta el momento final, disimulaba a los ojos del mundo un proceso de socavación interna y decadencia biológica; la cetrina fealdad, sensualmente desfavorecida, que hacía surgir de sus pasiones una llama pura y llegaba incluso a encumbrarse, dominante y triunfal, en el reino de la belleza; la pálida impotencia que de las incandescentes profundidades del espíritu extraía fuerzas para echar a los pies de la cruz, a *sus* propios pies, a todo un pueblo orgulloso; una conducta entrañable puesta al servicio, rígido y vacío, de la forma; la vida falsa y peligrosa, la nostalgia y el arte, rápidamente enervantes, del embaucador nato. Al observar todos estos destinos, y tantos otros de similar catadura, era lícito cuestionar la existencia de un heroísmo que no fuera el de la debilidad. De todas formas, ¿qué heroísmo podría adecuarse mejor que éste a nuestro tiempo? Gustav Aschenbach era el poeta de todos los que trabajan al borde de la extenuación, curvados bajo una excesiva carga, exhaustos, pero aún erguidos; de todos esos moralistas del esfuerzo que, endebles de constitución y escasos de medios, logran, al menos por un tiempo, producir cierta impresión de grandeza a fuerza de administrarse sabiamente y someter su voluntad a una especie de éxtasis. Numéricamente importantes, son los héroes de nuestro tiempo. Y todos se reconocían en su obra, se encontraban reafirmados y enaltecidos en ella; y se lo agradecían pregonando su nombre.

Había actuado con torpeza juvenil de cara a su época y, mal aconsejado por ella, había dado traspiés y cometido desaciertos en público, exponiéndose y arremetiendo, de palabra y por escrito, contra el buen tino y la prudencia. Pero había ganado esa dignidad hacia la cual, en su opinión, todo gran talento se ve naturalmente impulsado y aguijoneado: sí, hasta podría decirse que toda su carrera había sido una consciente y obstinada ascensión hacia la dignidad, más allá de los mil y un obstáculos interpuestos por la ironía y por la duda.

Lo que la formulación artística tiene de vivo, tangible y no comprometido espiritualmente constituye el deleite de las masas burguesas, pero el apasionado incondicionalismo de la juventud sólo es cautivado por lo problemático. Y Aschenbach había sido problemático e incondicional como cualquier otro adolescente. Entregado por entero al espíritu, había agotado el conocimiento, molido la simiente y revelado secretos, poniendo en duda el talento y traicionando al arte; sí, mientras sus obras distraían, exaltaban y animaban a un grupo de crédulos admiradores, el joven artista había embelesado sin tregua a los lectores de veinte años con sus cinismos sobre la dudosa esencia del arte y del quehacer artístico mismo.

Pero se diría que nada embota tan rápida y radicalmente las capacidades de un espíritu noble como la amarga y sutil fascinación del conocimiento; y es un hecho que, por melancólica y concienzuda que sea, la escrupulosidad del adolescente queda minimizada si se la compara con la sólida resolución del hombre que, dueño al fin de sí mismo, decide negar el saber y lo rechaza, prescindiendo altivamente de él en la medida en que amenace con paralizar, entorpecer y deshonrar la voluntad, la acción, el sentimiento e incluso la pasión. Pues, ¿en qué sentido interpretar el célebre relato sobre el «miserable» si no es como un estallido de repulsa contra el indecoroso psicologismo de la época, encarnado en aquel personaje medio crápula, necio y abúlico, que se forja fraudulentamente un destino arrojando a su mujer —ya sea por impotencia, vicio o veleidad ética— en brazos de un imberbe, y se cree, en virtud de sabe Dios qué razón profunda, autorizado a cometer toda suerte de indignidades? La impetuosidad verbal con que se condenaba allí lo condenable proclamaba el rechazo de cualquier equívoco en el plano moral, de cualquier simpatía por el abismo, la renuncia a ese relajamiento condensado en la indulgente divisa «comprenderlo todo es perdonarlo todo»; y lo que en aquella obra se preparaba, y hasta se cumplía, era ese «milagro de la ingenuidad renacida» al que, tiempo después y no sin cierto tono de misterio, aludiría expresamente el autor en uno de sus diálogos.

¡Extrañas afinidades! ¿Sería acaso una consecuencia espiritual de aquel «renacimiento», de ese rigor y dignidad completamente nuevos, lo que permitió observar por entonces una consolidación casi excesiva de su sentido estético, de esa noble pureza, sencillez y simetría compositivas que, a partir de entonces, imprimieron a sus obras un sello ostensible, y hasta deliberado, de maestría y clasicismo? Pero esta resolución moral que opera más allá del saber, del conocimiento inhibitorio y disolvente, ¿no supone a su vez una simplificación, la reducción del mundo y del alma a un estado de candor ético y también, por consiguiente, un reafirmarse en dirección al mal, a lo prohibido y moralmente inadmisible? Y ¿no tiene dos caras la forma? ¿No es moral e inmoral al mismo tiempo? ¿Moral en cuanto resultado y expresión de cierta disciplina, pero inmoral –e incluso antimoral– en la medida en que por naturaleza implica una indiferencia ética y aspira esencialmente a sojuzgar la moral bajo su altivo e ilimitado cetro?

Sea como fuere, lo cierto es que toda evolución es un destino. Y ¿por qué aquella que cuenta con la simpatía y confianza masivas del gran público no habría de seguir un curso diferente de la que se cumple sin el brillo ni los compromisos inherentes a la fama? Sólo quienes viven una eterna bohemia encuentran aburrido o digno de escarnio el que un gran talento, ya evadido de la crisálida libertina, se habitúe a sacar partido de la dignidad del espíritu y adopte el ceremonial áulico de una soledad que, transida de luchas y duros padecimientos e incertidumbres, acabará asegurándole poder y honores entre los hombres. ¡Cuánto juego, desafío y gozo concurren además en la autoformación del talento! Cierto tono oficial y pedagógico se fue infiltrando con el tiempo en la producción de Gustav Aschenbach; su estilo se había liberado, en los últimos años, de las audacias imprevistas, de los matices nuevos y sutiles, decantándose hacia una especie de paradigmática solidez, de trasfondo tradicional bien pulimentado, conservador, formal y hasta formalista; y tal como según la tradición lo hiciera Luis XIV, también nuestro escritor, al avanzar en edad, fue desterrando de su lenguaje toda expresión vulgar. Fue entonces cuando las autoridades educativas incluyeron páginas escogidas de su obra en los manuales de lectura escolar. Muy halagado interiormente, no rechazó el título nobiliario que un príncipe alemán, recién ascendido al trono, ofreció al poeta del *Federico* con ocasión de su quincuagésimo aniversario.

Tras varios años de inestabilidad y algunas tentativas por instalarse en más de un sitio, eligió Munich como lugar de residencia fija y allí vivía, rodeado de esa honorabilidad burguesa que, en casos muy aislados, le es concedida al espíritu. El matrimonio que, siendo aún joven, contrajera con una muchacha de familia culta, fue disuelto, tras un breve período de felicidad, por la muerte. Le quedó una hija, a la sazón ya casada. Nunca llegó a tener hijos varones.

Gustav von Aschenbach era de estatura ligeramente inferior a la media, moreno, e iba siempre bien afeitado. Su cabeza parecía un tanto grande en comparación con el cuerpo, casi quebradizo. Una cabellera peinada hacia atrás, rala en la coronilla y abundante y muy canosa en las sienes, encuadraba su frente alta, surcada por arrugas que hacían pensar en cicatrices. El puente de sus gafas de oro, sin aros en los cristales, se hundía en la base de la nariz, recia y de perfil noble. La boca era grande, lánguida unas veces, y otras, tensa y bruscamente fina; tenía magras y surcadas las mejillas, y un suave hoyuelo dividía su bien moldeada barbilla. Importantes destinos parecían haber discurrido por esa cabeza que tendía a ladearse con aire de sufrimiento; y, sin embargo, en su caso había sido el arte el forjador de la fisonomía, obra, normalmente, de una vida difícil y agitada. Detrás de aquella frente habían surgido las brillantes réplicas del diálogo entre Voltaire y el rey de Prusia sobre la guerra; esos ojos cansados y de mirar profundo habían visto el sangriento infierno de los lazaretos en la guerra de los Siete Años. Pues también desde una perspectiva personal, el arte es vida potenciada. Procura un goce más intenso, pero consume más deprisa. Imprime en el rostro de sus servidores las huellas de aventuras espirituales e imaginarias y, a la larga, engendra en el artista, por más que éste viva exteriormente inmerso en una paz conventual, cierta hipersensibilidad refinada, un cansancio y una curiosidad nerviosa que una vida colmada de gozos y pasiones turbulentas apenas conseguiría despertar.

3

Diversos asuntos de orden mundano y literario retuvieron aún en Munich, un par de semanas después de aquel paseo, a un Aschenbach ansioso de ponerse en marcha. Por último, tras dar instrucciones de que le tuviesen lista su casa de campo para cuatro semanas más tarde, un día entre mediados y finales de mayo viajó en el tren nocturno a Trieste, donde permaneció sólo veinticuatro horas antes de embarcarse, a la mañana siguiente, hacia Pola.

Como iba en busca de un exotismo insólito pero de rápido acceso, se instaló en una isla del Adriático, próxima a la costa istria, que estaba de moda hacía algunos años y contaba con una población campesina de habla incomprensible, pobre y pintorescamente vestida, y zonas de acantilados admirablemente tallados del lado del mar abierto. Pero la lluvia y el bochorno, no menos que el círculo cerrado que formaban unos cuantos huéspedes austríacos, y la carencia de ese contacto íntimo y sereno con el mar que sólo puede proporcionar una playa suave y arenosa, acabaron contrariando al viajero y haciéndole sentir que no había encontrado el lugar apropiado; algo en su interior lo inquietaba, induciéndole a partir sin saber muy bien adónde, de modo que se puso a estudiar itinerarios de barcos y a mirar alrededor en busca de soluciones cuando de pronto, de forma a la vez natural y sorprendente, vio la meta ante sus ojos. ¿Adónde ir si de la noche a la mañana se desea alcanzar lo incomparable, lo fabulosamente diverso? La cosa estaba clara. ¿Qué estaba haciendo allí? Se había equivocado. Era allá abajo adonde había querido ir. Y no tardó en enmendar el falso destino. A la semana y media de su llegada a la isla, entre brumas matinales, una veloz lancha lo condujo, a él con su equipaje, al puerto militar, donde sólo bajó a tierra para subir acto seguido por una pasarela y pisar la húmeda cubierta de un barco que se disponía a zarpar rumbo a Venecia.

Era una vieja embarcación de bandera italiana, anticuada, lóbrega y ennegrecida por el humo. En una cabina que más parecía un antro, situada bajo cubierta e iluminada artificialmente (a la que nada más subir al barco fue conducido Aschenbach por un marinero jorobado y sucio, que lo recibió con sardónicas muestras de cortesía), estaba sentado detrás de una mesa, el sombrero ladeado sobre la frente y una colilla en la comisura de los labios, un hombre con barbas de chivo y fisonomía de director de circo a la antigua que, gesticulando con destreza profesional, anotaba los datos personales de los viajeros y les entregaba el billete.

–¡A Venecia! –exclamó repitiendo las palabras de Aschenbach, al tiempo que estiraba el brazo y sumergía la pluma en los pastosos residuos de un tintero inclinado–. ¡A Venecia, primera clase! ¡Aquí tiene, caballero!

Dicho lo cual trazó unos cuantos garabatos, sobre los que vertió arena azul de una cajita que luego sacudió en un cuenco de barro, dobló el papel con sus dedos amarillentos y huesudos y siguió escribiendo.

–¡Qué elección tan estupenda! –añadió entretanto–. ¡Ah, Venecia! ¡Magnífica ciudad! Una ciudad que ejerce un atractivo irresistible sobre la gente culta, tanto por su historia como por sus encantos modernos.

La vivaz soltura de sus ademanes y la cháchara hueca con que los acompañaba tenían algo desconcertante, aturdidor, como si el tipo temiese algún posible titubeo por parte del viajero en su decisión de ir a Venecia. Cobró a toda prisa y, con destreza de *croupier*, dejó caer la vuelta sobre el paño manchado que cubría la mesa.

—¡Que se divierta mucho, caballero! —dijo luego, haciendo una reverencia histriónica—. Es para mí todo un honor transportarle... ¡Adelante, caballeros! —exclamó seguidamente alzando el brazo como si el negocio fuera viento en popa, pese a que no había nadie más por despachar.

Aschenbach subió de nuevo a cubierta.

Apoyando un brazo en la barandilla, se dedicó a observar a la multitud que, deseosa de presenciar la salida del barco, iba y venía indolentemente por el muelle, y también a los pasajeros de a bordo. Los de segunda clase, hombres y mujeres, se habían instalado en la cubierta de proa, utilizando cajas y fardos como asientos. Un grupo de jóvenes integraban el pasaje de primera: al parecer, dependientes de comercio en Pola que, en un rapto de entusiasmo, se habían unido para hacer un viaje a Italia. Se les veía muy ufanos de sí mismos y de su empresa: charlaban o reían, complaciéndose en su propia gesticulación, e inclinándose por la borda, lanzaban pullas y remoquetes a sus compañeros que, cartera bajo el brazo, discurrían afanosos por la calle del puerto y amenazaban con sus bastoncillos a los excursionistas. Uno de éstos, vestido con un traje estival de última moda, color amarillo claro, corbata roja y un panamá con el ala audazmente levantada, destacaba entre todos por su voz chillona y excelente humor.

Pero en cuanto Aschenbach lo hubo observado con más detenimiento, se percató, no sin terror, de que se trataba de un falso joven. Era un hombre viejo, no cabía la menor duda. Hondas arrugas le cercaban ojos y boca. El opaco carmín de sus mejillas era maquillaje; el cabello castaño que asomaba por debajo del panamá con cinta de colores era una peluca; la piel del cuello le colgaba fláccida y tendinosa; el bigotito retorcido y la perilla se los había teñido; la dentadura amarillenta y completa, que enseñaba al reírse, era postiza, además de barata, y sus manos, cuyos índices lucían anillos con camafeos, eran manos de anciano. Aschenbach se estremeció viéndolo alternar con aquellos muchachos. ¿No sabían, no advertían acaso que era viejo y no tenía derecho a llevar su abigarrada indumentaria de dandy ni a hacerse pasar por uno de ellos? Pues lo cierto es que, con toda naturalidad y como por costumbre, según parecía, lo toleraban en su grupo y lo trataban como a un igual, devolviéndole sin repugnancia sus inoportunos codazos. ¿Cómo era posible algo así? Aschenbach se cubrió la frente con la mano y cerró los ojos, irritados por la falta de sueño. Tuvo la impresión de que las cosas no iban del todo como era de esperarse, de que algo parecido a un extrañamiento onírico empezaba a enseñorearse del entorno, una derivación del mundo hacia lo insólito que quizás él pudiera contrarrestar si ocultaba un momento el rostro entre las manos y volvía a mirar luego en derredor. Pero en ese mismo instante tuvo la sensación de estar flotando y, movido por un miedo irracional, abrió los ojos y advirtió que la pesada y sombría mole del barco se desprendía lentamente de las paredes del muelle. Pulgada a pulgada, gracias al movimiento alternante de las máquinas que avanzaban y retrocedían, fue ensanchándose la cinta de agua sucia y tornasolada que separaba el muelle del casco de la nave, y, tras efectuar una serie de torpes maniobras, el vapor puso proa hacia alta mar. Aschenbach se encaminó a estribor, donde el jorobado le había abierto una tumbona y un camarero de frac grasiento le preguntó si deseaba algo.

El cielo estaba gris y soplaba un viento húmedo. Atrás fueron quedando el puerto y las islas, y pronto desapareció toda huella de tierra en el brumoso horizonte. Sobre la cubierta lavada, que no acababa de secarse, caían copos de carbonilla hinchados por la humedad. Una hora más tarde tuvieron que extender un toldo porque empezó a llover.

Enfundado en su abrigo, con un libro en el regazo, el viajero descansó sin advertir el paso de las horas. Como había parado de llover, retiraron el toldo de lona. El horizonte estaba totalmente despejado. Bajo la turbia bóveda del cielo se extendía en derredor el enorme y desierto disco del mar. Pero en el espacio vacío e inarticulado acabamos por perder también la noción del tiempo, y nos desvanecemos en una inmensidad crepuscular. Figuras sombríamente extrañas —el viejo petimetre, el tipo con barbas de chivo de la cabina— fueron desfilando con gesto impreciso y palabras confusas, de sueño, por el espíritu de Aschenbach, que se quedó dormido.

Al mediodía fue invitado a bajar al comedor, una especie de pasillo sobre el que se abrían las puertas de los camarotes y donde, sentados a un extremo de la larga mesa que él mismo pasó a presidir, los dependientes de comercio, incluido el viejo, estaban bebiendo desde las diez en compañía del jovial capitán. La comida era miserable y Aschenbach se apresuró a despacharla. Tenía ganas de salir al aire libre y observar el cielo, que acaso decidiera despejarse sobre Venecia.

De hecho no había pensado en otra posibilidad, pues la ciudad lo había recibido siempre en medio de una luminosidad radiante. Pero el cielo y el mar seguían turbios y plomizos, a ratos caía una llovizna fina y el viajero tuvo que resignarse a llegar, en barco, a una Venecia muy distinta de la que siempre había encontrado al acercarse por tierra. De pie junto al palo del trinquete, escrutaba la lejanía con la esperanza de ver tierra. Recordó al melancólico poeta, al entusiasta cuyos ojos, en tiempos ya remotos, habían visto surgir de aquellas ondas las cúpulas y campanarios de sus sueños; repitió en silencio unos cuantos versos del mesurado cántico en el que entonces confluyeran veneración, infortunio y dicha, y, dejándose conmover por sensaciones ya condensadas en forma, examinó su serio y fatigado corazón por si algún nuevo entusiasmo o confusión, por si alguna aventura sentimental tardía pudiera estarle reservada aún al ocioso viajero.

De pronto, a la derecha empezó a perfilarse una costa llana, el mar se fue animando con barcas de pescadores y apareció la isla de los baños, que el vapor dejó a su izquierda para deslizarse, reduciendo la marcha, por el estrecho puerto que lleva su nombre. Ya en la laguna se detuvo frente a un grupo de casuchas miserables, pues había que esperar la lancha del servicio sanitario.

Ésta tardó una hora en presentarse. Habían, pues, llegado, aunque no del todo; no tenían prisa alguna y, sin embargo, los acuciaba la impaciencia. Los jóvenes de Pola, transidos de fervor patriótico al oír unos cornetazos militares provenientes de los jardines públicos, habían subido a cubierta y, entusiasmados por el *Asti*, vitoreaban a los *bersaglieri* que estaban ensayando al otro lado. Repugnante era ver, no obstante, en qué estado se hallaba el viejo lechuguino debido a su postiza camaradería con los jovencitos. Su añoso cerebro no había podido resistir el vino como los de sus robustos y juveniles compañeros: su borrachera era calamitosa. Con mirada torpe y un cigarrillo entre sus temblorosos dedos, se tambaleaba bajo los impulsos del alcohol sin moverse del sitio, manteniendo a duras penas el equilibrio. Como sin duda se hubiera caído al primer paso, no se atrevía a darlo, aunque, eso sí, sacaba a relucir una arrogancia deplorable y se aferraba, balbuceante, a los botones de todo el que se le acercara, levantando, entre guiños y risitas socarronas, su índice arrugado y cubierto de sortijas para subrayar alguna broma necia, al tiempo que en un gesto odiosamente ambiguo se relamía las comisuras de los labios con la punta de la lengua. Y Aschenbach, que lo observaba con el ceño fruncido, volvió a ser presa de una sensación de angustia, como si el mundo mostrase una leve, aunque irrefrenable, tendencia a la deformación, a derivar hacia lo insólito y grotesco; sensación ésta que, por cierto, las circunstancias se encargaron de disipar, pues las máquinas no tardaron en reanudar su tremolante actividad y el barco, enfilando el canal de San Marcos, reemprendió su marcha interrumpida a tan poca distancia de la meta.

Y entonces volvió a ver el más prodigioso de los desembarcaderos, esa deslumbrante composición de arquitectura fantástica que la República Serenísima ofrecía a las respetuosas miradas de los navegantes; la liviana magnificencia del palacio ducal y el puente de los Suspiros; las columnas de la orilla, rematadas por el león y el santo; el fastuoso resalto lateral del templo encantado, con el portal y el gran reloj en escorzo, y ante semejante visión pensó que llegar a Venecia por tierra, desde la estación, era como entrar en un palacio por la puerta de servicio, y que sólo como él lo estaba haciendo, en barco y desde alta mar, debía llegarse a la más inverosímil de las ciudades.

Detenidas las máquinas, se aproximó un tropel de góndolas mientras bajaban la escalerilla y los funcionarios de aduana subían a bordo y despachaban someramente sus tareas. Pronto pudo empezar el desembarco. Aschenbach dio a entender que deseaba una góndola para trasladarse, junto con su equipaje, a la estación de aquellos vaporcitos que cubren el trayecto entre la ciudad y el Lido, pues pensaba alquilar una habitación a orillas del mar. Su deseo fue aprobado y transmitido a gritos hasta la superficie del agua, allá abajo, donde varios gondoleros discutían en dialecto. El viajero tiene problemas para bajar: se lo impide su baúl, que es penosamente arrastrado por la escalerilla. Y así, durante varios minutos, le resulta imposible eludir las impertinencias del espantoso viejo que, oscuramente impulsado por la borrachera, hace al forastero los honores de la despedida.

—¡Le deseamos una estancia muy feliz! —tartamudea entre grandes reverencias—. ¡Y ojalá guarde un buen recuerdo de nosotros! ¡*Au revoir, excusez* y *bonjour*, excelencia!

La boca se le hace agua, cierra los ojos y se relame las comisuras de los labios, bajo los cuales se le eriza la perilla teñida.

—¡Cordiales saludos! —balbucea llevándose dos dedos a la boca—, ¡cordiales saludos a su amorcito, al más precioso y preciado de los amorcitos!

Y al decir esto la parte superior de su dentadura postiza se desprende y cae sobre el labio inferior.

Aschenbach consigue al fin escabullirse. «¡Al amorcito, a ese precioso amorcito!», repitió la voz a sus espaldas, como un arrullo torpe y cavernoso, mientras él bajaba la escalerilla agarrándose al pasamanos de cuerda.

¿Quién podría no combatir algún fugaz escalofrío, un miedo y una opresión secretas al poner los pies por vez primera, o después de mucho tiempo, en una góndola veneciana? Esa extraña embarcación, que desde épocas baladescas nos ha llegado inalterada y tan peculiarmente negra como sólo pueden serlo, entre todas las cosas, los ataúdes, evoca aventuras sigilosas y perversas entre el chapoteo nocturno del agua; evoca aún más la muerte misma, el féretro y la lobreguez del funeral, así como el silencioso viaje final. ¿Y se ha notado que el asiento de estas barcas, ese sillón barnizado de un negro fúnebre y tapizado de un negro mate, es el asiento más blando, voluptuoso y relajante del mundo? Aschenbach lo advirtió cuando se hubo instalado a los pies del gondolero, frente a su equipaje cuidadosamente dispuesto junto a la rostrada proa. Recios e incomprensibles, los remeros seguían discutiendo con gestos amenazadores. Pero el peculiar silencio de la ciudad de los canales parecía acoger suavemente esas voces, desencarnándolas y dispersándolas sobre sus aguas. Hacía calor en el puerto. Acariciado por el tibio soplo del siroco, el viajero se arrellanó entre los cojines, abandonándose al vaivén del dócil elemento y cerrando los ojos para disfrutar de una indolencia tan dulce como inhabitual. «La travesía será corta –pensó–. ¡Ojalá fuera eterna!» Y sintió que el suave balanceo lo iba alejando del gentío y de la confusión de voces.

¡Cómo crecía el silencio en torno a él! Sólo se oía el chasquido del remo, el sordo golpeteo de las olas contra la proa de la embarcación, que se alzaba sobre ellas tiesa, negra y rematada en forma de alabarda... y también algo más: un susurro, un bisbiseo, el soliloquio entrecortado del gondolero que iba mascullando sonidos y los amortiguaba con el trabajo de sus brazos. Aschenbach alzó la mirada y advirtió, ligeramente sorprendido, que la laguna comenzaba a ensancharse a su alrededor y que la góndola se dirigía mar adentro. Más que entregarse demasiado al reposo tendría pues, al parecer, que vigilar un poco el cumplimiento de su voluntad.

—A la estación del *vaporetto*, ¿eh? —dijo volviéndose a medias.

El bisbiseo cesó, pero no llegó respuesta alguna.

—A la estación del *vaporetto*, ¿eh? —repitió volviéndose esta vez del todo y mirando a la cara al gondolero, cuya silueta, erguida detrás de él, se recortaba sobre el descolorido cielo.

Era un hombre de fisonomía desagradable, casi brutal; llevaba un traje azul de marinero, con un chal amarillo a guisa de cinturón y, audazmente ladeado sobre su cabeza, un deforme sombrero de paja cuyo tejido empezaba a deshacerse. Su corte de cara y el bigote rubio y retorcido que asomaba bajo la nariz respingona parecían indicar que, a todas luces, no era de origen italiano. Aunque de contextura más bien frágil, al punto de no parecer particularmente idóneo para su oficio, manejaba el remo con gran energía, poniendo todo el cuerpo en cada golpe. El esfuerzo le hizo contraer los labios un par de veces, dejando al descubierto sus blancos dientes. Con las rojizas cejas fruncidas y la mirada perdida por encima del pasajero, replicó en tono resuelto y casi grosero:

—Pero usted va al Lido.

Aschenbach repuso:

—Así es. Pero he cogido la góndola sólo para trasladarme a San Marcos. Deseo utilizar el *vaporetto*.

—No puede utilizar el *vaporetto*, caballero.

—¿Y por qué no?

—Porque el *vaporetto* no admite equipajes.

Era cierto. Aschenbach lo recordó en aquel momento, pero guardó silencio. Encontró insufribles el tono brusco y petulante de aquel hombre, sus modales tan distintos de los que en el país suelen brindarse a un extranjero, y le dijo:

—Eso es asunto mío. Quizá tenga intención de dejar mi equipaje en la consigna. ¡Dé usted media vuelta!

Se produjo un silencio. El remo chapoteaba; el agua batía sordamente la proa. Y se reanudaron el murmullo y el bisbiseo: el gondolero hablaba consigo mismo, entre dientes.

¿Qué hacer? Estando a solas en plena laguna con ese hombre tan extrañamente insumiso, siniestro y decidido, el viajero no veía medio alguno de imponer su voluntad. Por lo demás, ¡qué blandamente podía descansar si no se enfadaba! ¿No había deseado que la travesía fuera larga, que durase eternamente? Lo más razonable y, sobre todo, lo más placentero, era dejar que las cosas siguieran su curso. Una especie de hechizo que invitaba a la indolencia parecía emanar de su asiento, de aquel sillón bajo y tapizado de negro que se mecía muellemente siguiendo los golpes de remo del despótico gondolero. La idea de haber caído en manos de un delincuente cruzó, como en un sueño, por su cabeza; pero era demasiado inconsistente para incitarlo a la defensa activa. Más enojosa parecía aún la posibilidad de que todo se redujera a una simple tentativa de robo. Algo parecido al sentido del deber o al amor propio, o bien la vaga idea de que en esos casos era mejor prevenir, lo indujo una vez más a sacar fuerzas de flaqueza y preguntar:

—¿Cuánto cobra por el viaje?

Y el gondolero, mirando por encima de él, contestó:

—Ya me lo pagará.

Siendo la réplica, en este caso, algo evidente, Aschenbach dijo en tono maquinal:

—No le pagaré nada, ni un céntimo, si me lleva adonde no quiero ir.

—Usted quiere ir al Lido.

—Pero no con usted.

—Sé conducir bien.

«Es verdad —pensó Aschenbach relajándose un poco—. Es verdad que conduces bien. Aunque hayas puesto los ojos en el dinero que llevo y me envíes a la mansión de Hades con un buen golpe de remo por detrás, me habrás conducido bien.»

Mas nada de eso ocurrió. Incluso tuvieron compañía: una barca con músicos-salteadores, hombres y mujeres que, cantando al son de guitarras y mandolinas, asediaron en forma importuna la góndola, pegándose a la borda y poblando el silencio imperante sobre las aguas con su pedigüeña poesía para turistas. Aschenbach echó monedas en un sombrero que le tendieron y los músicos se callaron y alejaron. Y entonces volvió a oírse el susurro del gondolero, su soliloquio entrecortado y sin ilación.

Por fin llegaron, columpiados por la estela de un vapor que partía hacia la ciudad. Dos guardias municipales, con las manos a la espalda y las caras vueltas hacia la laguna, se paseaban por la orilla. Ante la pasarela, Aschenbach abandonó la góndola ayudado por uno de esos viejos que, bichero en mano, nunca falta en los embarcaderos de Venecia, y, viendo que no llevaba dinero suelto, se dirigió al hotel más próximo a la estación de vapores para cambiar y poder recompensar a su antojo al remero. Lo atienden en el vestíbulo, da media vuelta, encuentra su equipaje en el muelle, dentro de un carrito, pero góndola y gondolero han desaparecido.

—Se ha largado —dijo el viejo del bichero—. Un mal hombre, señor, un hombre que trabaja sin licencia. Es el único gondolero que no tiene licencia. Los otros telefonearon aquí, y él, viendo que lo esperaban, se largó.

Aschenbach se encogió de hombros.

—El señor ha viajado gratis —dijo el viejo tendiéndole el sombrero. Aschenbach le echó unas cuantas monedas, luego ordenó que llevasen su equipaje al Hotel de los Baños y siguió al carrito por la avenida, por esa avenida blanquísima que, entre tabernas, bazares y pensiones, atraviesa la isla en diagonal, hasta la playa.

Entró en el espacioso hotel por la parte de atrás, donde se abría una terraza con jardín, y atravesando el gran salón y el vestíbulo, llegó a la recepción. Como había anunciado su llegada, lo recibieron con servicial obsequiosidad. El administrador, un hombrecito discreto y de modales zalameros, con bigote negro y levita de corte francés, lo acompañó en el ascensor hasta el segundo piso y le mostró su habitación, una agradable alcoba con mobiliario de cerezo y adornos florales de intenso y penetrante aroma, por cuyas altas ventanas se ofrecía a la vista el mar abierto. A una de ellas se acercó Aschenbach nada más retirarse su acompañante, y mientras detrás de él metían su equipaje y lo acomodaban en la habitación, se puso a observar la playa, poco concurrida a esas horas, y el mar sin sol, en pleamar, que a ritmo sosegado enviaba hacia la orilla olas bajas y alargadas.

Las observaciones y vivencias del solitario taciturno son a la vez más borrosas y penetrantes que las del hombre sociable, y sus pensamientos, más graves, extraños y nunca exentos de cierto halo de tristeza. Ciertas imágenes e impresiones de las que sería fácil desprenderse con una mirada, una sonrisa o un intercambio de opiniones, le preocupan más de lo debido, adquieren profundidad e importancia en su silencio y devienen vivencia, aventura, sentimiento. La soledad hace madurar lo original, lo audaz e inquietantemente bello, el poema. Pero también engendra lo erróneo, desproporcionado, absurdo e ilícito. De ahí que las imágenes del viaje, aquel atroz viejo petimetre con sus desatinos sobre el «amorcito» o el gondolero de mala fama que se había ido sin cobrar, aún siguieran inquietando el espíritu del viajero. Aunque no creasen dificultades a la razón ni diesen realmente pábulo a la especulación, eran, no obstante, imágenes sumamente extrañas por naturaleza, según Aschenbach, e inquietantes justamente por esta contradicción. Entretanto, saludó al mar con la mirada y se alegró de saber a Venecia tan próxima y fácilmente asequible. Por último se volvió, se lavó la cara, dio a la doncella unas cuantas instrucciones destinadas a hacer más completo su bienestar, y se hizo conducir a la planta baja por un ascensorista de librea verde.

Tomó el té en la terraza que miraba al mar, luego bajó y echó a caminar, recorriendo un buen trecho de paseo marítimo en dirección al Hotel Excelsior. Al volver, le pareció que ya era hora de cambiarse para la cena, y lo hizo con esa meticulosa lentitud ya habitual en él, pues tenía la costumbre de trabajar mientras se arreglaba. Llegó, sin embargo, algo temprano al salón, donde halló reunida a una gran parte de los huéspedes que, no conociéndose, fingían recíproca indiferencia aunque los uniera la común expectativa de la cena. Cogió un diario de la mesa, se instaló en un sillón de cuero y observó a la concurrencia, por fortuna muy distinta de la de su primera estancia.

Ante él se desplegaron vastos horizontes que abarcaban, tolerantes, una gran diversidad. Los sonidos de los principales idiomas se confundían en un murmullo apagado. El traje de noche internacional, especie de uniforme de la decencia, sintetizaba exteriormente la heterogeneidad de lo humano en una convencional unidad. Podía verse el semblante enjuto y alargado del americano, la típica familia numerosa rusa, damas inglesas y niños alemanes con ayas francesas. El elemento eslavo parecía predominar. Muy cerca de él se oía hablar polaco.

Era un grupo de jóvenes y adolescentes reunidos en torno a una mesita de mimbre, bajo la vigilancia de una institutriz o dama de compañía: tres muchachas de al parecer entre quince y diecisiete años, y un efebo de cabellos largos y unos catorce años. Con asombro observó Aschenbach que el muchacho era bellísimo. El rostro, pálido y graciosamente reservado, la rizosa cabellera color miel que lo enmarcaba, la nariz rectilínea, la boca adorable y una expresión de seriedad divina y deliciosa hacían pensar en la estatuaria griega de la época más noble; y además de esa purísima perfección en sus formas, poseía un encanto tan único y personal que su observador no creía haber visto nunca algo tan logrado en la naturaleza ni en las artes plásticas. Lo que además llamaba la atención era el contraste —a todas luces fundamental— entre los criterios pedagógicos que parecían regir la forma de vestirse y, en general, la conducta de los hermanos. La indumentaria de las tres muchachas —la mayor de las cuales ya podía pasar por adulta— era púdica y austera hasta extremos caricaturescos. Una especie de uniforme conventual color pizarra, de talla mediana, sobrio y deliberadamente mal cortado, con un cuello blanco como único ornamento, reprimía y limitaba toda la gracia de sus figuras. La cabellera, lisa y totalmente pegada a la cabeza, daba a sus caras un aire monjil, vacío e inexpresivo. Detrás de todo aquello había, evidentemente, una madre que jamás hubiera pensado en aplicar al chiquillo la severidad pedagógica que le parecía imprescindible imponer a las hijas. La ternura y la delicadeza presidían, ostensiblemente, la existencia del muchacho. Se habían guardado bien de acercar las tijeras a su espléndida cabellera que, como la del «Efebo sacándose una espina», se le ensortijaba en la frente, sobre las orejas y, más abajo aún, en la nuca. El traje de marinero inglés, cuyas holgadas mangas se estrechaban hacia abajo hasta ceñir las finas muñecas de sus manos infantiles, aunque alargadas, confería a la tierna figura, con sus trencillas, lazos y bordados de realce, cierto halo de riqueza y de mimo. Sentado de medio perfil con respecto a su observador, tenía un pie delante del otro —calzaba zapatos de charol negro—, y había apoyado un codo en el brazo del sillón de mimbre y la mejilla en la mano cerrada, en actitud de indolente elegancia y sin el menor rastro de esa rigidez casi sumisa a la que parecían habituadas sus hermanas. ¿Estaría enfermo? Pues la tez de su rostro presentaba una blancura marfileña en contraste con el marco dorado oscuro de sus rizos.

¿O era simplemente un niñito muy mimado, producto de un amor exclusivista y caprichoso? Aschenbach se inclinaba por esto último. Pues casi todas las naturalezas artísticas poseen una innata tendencia, sensual y alevosa a la vez, a consagrar la injusticia creadora de belleza y a solidarizarse respetuosamente con las preferencias de la esfera aristocrática.

Un camarero recorrió la sala anunciando, en inglés, que la cena estaba lista, y la concurrencia se fue dispersando gradualmente a través de la puerta de cristales que daba al comedor. Pasaron luego unos cuantos retrasados, procedentes del vestíbulo y de los ascensores. Pero aunque adentro habían empezado a servir, los jóvenes polacos seguían sentados en torno a su mesita de mimbre, y Aschenbach, cómodamente hundido en su sillón y teniendo, además, la belleza ante sus ojos, esperó con ellos.

La institutriz, una mujer pequeña y corpulenta, de cara colorada, dio finalmente la señal de levantarse. Frunciendo el ceño, apartó su silla a un lado y se inclinó cuando una señora alta, vestida de gris claro y ataviada con ricas perlas, hizo su entrada en el salón. El aspecto de la dama era frío y comedido, y tanto el arreglo de sus cabellos, ligeramente empolvados, como la hechura de su vestido, denotaban esa sencillez que determina el gusto dondequiera que la piedad es parte integrante de la distinción. Hubiera podido ser la esposa de un alto funcionario alemán. El único lujo de verdad fantástico en su persona eran las joyas, de casi inestimable valor, que incluían unos pendientes y un larguísimo collar de tres hileras de perlas, suavemente irisadas y grandes como cerezas.

Los hermanos se levantaron rápidamente y se inclinaron para besarle la mano a su madre, que, esbozando una discreta sonrisa en su rostro cansado, de nariz perfilada, miró por encima de sus cabezas y dirigió unas palabras en francés a la institutriz. Luego se encaminó a la puerta vidriera, seguida de sus hijos: primero las muchachas por orden de edad, detrás de ellas la institutriz y, por último, el adolescente. Por algún motivo, éste se volvió antes de cruzar el umbral, y como en el salón no había nadie más, sus extraños ojos, de un gris crepuscular, se encontraron con los de Aschenbach, que, sumido en la contemplación y con el diario sobre las rodillas, había seguido al grupo con la mirada.

Ningún detalle de cuanto acababa de ver tenía, por cierto, nada de particular. Los hijos no se habían sentado a la mesa antes que la madre, sino que la habían esperado y saludado respetuosamente, observando los modales acostumbrados al entrar en la sala. Pero todo esto se había llevado a cabo de forma tan expresiva y acentuando tanto la disciplina, el sentido del deber y la autoestima, que Aschenbach se sintió extrañamente conmovido. Todavía aguardó unos instantes antes de pasar, también él, al comedor, y pedir que le señalaran su mesita, que, como advirtió con una fugaz sensación de pesar, se hallaba bastante alejada de la que ocupaba la familia polaca.

Cansado, aunque espiritualmente activo, se entretuvo durante la dilatada cena pensando en cosas abstractas y hasta trascendentales; meditó sobre la enigmática vinculación que lo normativo debe entablar con lo individual para que surja la belleza humana; de allí pasó a ocuparse de problemas generales relacionados con la forma y el arte, y constató, al final, que sus ideas y descubrimientos se asemejaban a ciertas imágenes reveladoras —y en apariencia felices— de los sueños, que en estado de vigilia nos parecen totalmente triviales e inservibles. Terminada la cena, salió un rato al parque, cargado de aromas nocturnos, donde se entretuvo fumando y dando vueltas. Se retiró temprano a descansar y pasó la noche sumido en un sueño profundo y continuo, aunque animado por toda suerte de visiones.

El tiempo no se presentó mejor al día siguiente. Soplaba viento de tierra. Bajo un cielo lívido, encapotado, el mar reposaba indolente y como encogido, por así decirlo, entre un horizonte sobriamente cercano y una playa donde, al retirarse, había dejado al descubierto largas filas de bancos de arena. Al abrir sus ventanas, Aschenbach creyó percibir el fétido olor de la laguna.

Lo invadió el mal humor. Y en ese mismo instante pensó en la partida. Años atrás, un tiempo similar lo había atormentado tras unas alegres semanas de primavera, haciéndolo sentirse tan mal que, como un fugitivo, hubo de abandonar Venecia a toda prisa. ¿No volvía a sentir ahora el mismo desgano febril de entonces, aquella presión en las sienes, aquella pesadez en los párpados? Mudarse otra vez de sitio sería, sin duda, engorroso; pero si el viento no cambiaba, su permanencia allí era desaconsejable. Para mayor seguridad, no deshizo del todo su equipaje. Y a las nueve bajó a desayunar al saloncito que, a tal efecto, habían acondicionado entre el gran salón y el comedor.

Reinaba en él ese solemne silencio que constituye la ambición de los grandes hoteles. Los camareros servían deslizándose sin ruido; el casual tintineo de un servicio de té o alguna palabra susurrada a medias era todo cuanto se oía. En una esquina, casi enfrente de la puerta y a dos mesas de la suya, vio Aschenbach a las muchachas polacas en compañía de su institutriz. Muy rectas en sus tiesos vestidos de lino azul con cuello y puños blancos, el cabello rubio ceniciento recién alisado y los ojos enrojecidos, las jóvenes, que casi habían terminado de desayunar, se iban pasando una copa de mermelada. El muchacho no estaba.

Aschenbach sonrió. «Vaya, vaya, pequeño feacio –pensó–. Pareces gozar del privilegio de dormir a tus anchas. –Y, súbitamente animado, recitó en su interior el verso–: Atuendos siempre renovados, baños calientes y reposo.

Desayunó sin prisa, recibió del propio portero –que, gorra galoneada en mano, había entrado en el saloncito– la correspodencia atrasada que le enviaban de su casa, y abrió un par de cartas mientras fumaba un cigarrillo. Esto le permitió presenciar la entrada del dormilón, que era esperado en la otra mesa.

El chico entró por la puerta de cristales y atravesó la silenciosa sala en diagonal, hasta la mesa de sus hermanas. Su forma de andar, tanto por la postura del tronco como por el movimiento de las rodillas y los pies, calzados de blanco, era de una gracia extraordinaria, muy liviana, tierna y altiva a la vez, y quedó más realzada aún por cierto pudor infantil que, mientras giraba la cabeza al avanzar, le hizo alzar y bajar la mirada un par de veces. Tomó asiento sonriente y diciendo algo a media voz en su idioma suave y evanescente; y su observador, viéndolo ahora de perfil entero, volvió a quedar asombrado, más aún, asustado ante la belleza realmente divina del muchachito. Llevaba una ligera blusa de tela lavable, a rayas blancas y azules, con un lazo de seda roja en el pecho y rematada por un cuello alto, blanco y sencillo. Pero sobre este cuello, cuya extraña elegancia no acababa de hacer juego con el carácter del traje, reposaba la incomparable flor de su cabeza encantadora: la cabeza de Eros, recubierta por el esmalte amarillento del mármol de Paros, con sus finas y graves cejas, sienes y orejas ocultas bajo la oscura y sedosa cascada de los rizos, que caían en ángulo recto.

«¡Bien, bien!», pensó Aschenbach con ese frío gesto de aprobación, típico del especialista, tras el cual, a veces, los artistas suelen disimular su arrobamiento o su embeleso frente a una obra maestra. Y pensó asimismo: «La verdad es que si la playa y el mar no me esperasen, aquí me quedaría hasta que tú salieras». Mas finalmente, entre las muestras de atención del personal, cruzó la sala y bajó por la gran terraza, enfilando la pasarela de madera que conducía a la playa privada del hotel. Allí, un viejo descalzo, con pantalón de lino, blusa de marinero y sombrero de paja, que hacía las veces de bañero, le señaló la caseta que había alquilado. Aschenbach hizo que le instalara una mesa y una silla en la plataforma de madera, y se acomodó luego en la tumbona que antes había acercado al mar, arrastrándola sobre la arena de cerosos reflejos.

El espectáculo de la playa, la visión de todo aquel mundo civilizado gozando indolentemente de sus sentidos al borde del elemento, lo distrajo y le procuró un gozo inusitado. La gris y lisa superficie del mar se veía ya animada por niños que chapoteaban, nadadores y toda suerte de personajes que, con los brazos cruzados bajo la nuca, yacían en los bancos de arena. Otros remaban en pequeñas embarcaciones sin quilla, pintadas de rojo y azul, y se hundían sonrientes. Ante la larga hilera de casetas, en cuyas plataformas era posible instalarse como en pequeños miradores, alternaban el bullicio retozón y la placidez ociosa y estirada, las visitas y el parloteo, la cuidada elegancia matutina y la desnudez que, con osada desenvoltura, hacía buen uso de las libertades del lugar. Más adelante, sobre la arena húmeda y compacta, deambulaba gente envuelta en albornoces blancos o en holgados camisones de vivos colores. A la derecha, un complejo castillo de arena construido por manos infantiles se alzaba rodeado de banderitas de todos los países. Vendedores de conchas, tartas y frutas se arrodillaban para extender sus productos en el suelo. A la izquierda, frente a una de las casetas alineadas de través con relación al mar y a las restantes, y que cerraban la playa por aquel lado, acampaba una familia rusa: hombres barbudos y de grandes dientes, mujeres dóciles y perezosas, una señorita báltica que, sentada ante un caballete, pintaba el mar entre exclamaciones de desconsuelo, dos niños feos pero bonachones, y una vieja criada con un pañuelo atado a la cabeza y modales de un servilismo tiernamente sumiso. Allí disfrutaban de la playa, agradecidos, llamando incansablemente por sus nombres a los traviesos niñitos, bromeando en el poco italiano que sabían con el viejo socarrón que les vendía golosinas, y besándose en las mejillas sin preocuparse en absoluto por los posibles observadores de su pequeña comunidad humana.

«Me quedaré –pensó Aschenbach–. ¿Dónde podría estar mejor?» Y juntando las manos sobre las rodillas, dejó que sus ojos se perdieran en las lejanías del mar, que su mirada se deslizase, quebrase y confundiese con la vaporosa monotonía del espacio desierto. Amaba el mar por razones profundas: por la apetencia de reposo propia del artista sometido a un arduo trabajo, que ante la exigente pluralidad del mundo fenoménico anhela cobijarse en el seno de lo simple e inmenso, y también por una propensión ilícita –diametralmente opuesta a su tarea y, por eso mismo, seductora– hacia lo inarticulado, inconmensurable y eterno: hacia la nada. Reposar en la perfección es el anhelo de todo el que se esfuerza por alcanzar lo sublime; y ¿no es acaso la nada una forma de perfección? Pero mientras su ensoñación seguía sumiéndolo cada vez más en el vacío, una figura humana cortó de pronto la línea horizontal de la orilla; y Aschenbach, rescatando su mirada del infinito en que se había perdido, vio al bello adolescente surgir por el lado izquierdo y pasar ante él sobre la arena. Iba descalzo, dispuesto a chapotear en la orilla, con las esbeltas piernas desnudas hasta más arriba de las rodillas, caminando a paso lento, pero con tal gracilidad y donosura que parecía acostumbrado a moverse sin zapatos. Siguió con la mirada las casetas de la hilera transversal, y apenas hubo divisado a la familia rusa, que continuaba divirtiéndose en su ambiente de grata concordia, cuando un nubarrón de airado menosprecio le ensombreció el rostro. Su frente se oscureció, su boca se contrajo, un rictus de amargura le crispó los labios, extendiéndose hasta una de sus mejillas, y las cejas se le arquearon tan violentamente que, hundidos por la presión, los ojos, malignos y oscuros por un instante, adoptaron el lenguaje del odio. Bajó la mirada al suelo, luego volvió a girarla amenazadoramente y, haciendo un violento gesto de desprecio con el hombro, dejó a su espalda a los enemigos.

Una especie de delicadeza o sobresalto, algo parecido al respeto y la vergüenza indujo a Aschenbach a volverse como si no hubiera visto nada; pues todo observador serio y casual de la pasión se mostrará reacio a hacer uso, aunque sólo sea ante sí mismo, de lo observado. Aschenbach, sin embargo, se sintió a la vez conmovido y serenado, es decir: dichoso. Aquel fanatismo pueril, dirigido contra un fragmento de vida tan entrañable, vinculaba con la esfera humana a esa encarnación de lo divinamente inexpresivo, hacía digna de una estima más profunda a esa preciosa obra de arte de la naturaleza, hasta entonces destinada únicamente a deleitar la vista, y otorgaba a la figura del adolescente, notable ya por su sola belleza, un relieve que permitía tomarlo en serio pese a sus escasos años.

Vuelto aún de espaldas, Aschenbach se quedó escuchando la voz del muchacho, esa voz clara y algo débil con la que, saludándolos desde lejos, intentaba anunciar su presencia a los otros compañeros de juego, atareados con el castillo de arena. Le contestaron gritando varias veces su nombre –o acaso algún diminutivo cariñoso de su nombre–, y Aschenbach prestó oído con cierta curiosidad, sin poder captar más que dos melodiosas sílabas, algo así como «Adgio» o, con más frecuencia, «Adgiu», con la u final prolongada por el grito. La sonoridad del nombre le gustó; encontró que armonizaba con su objeto y lo repitió en silencio antes de concentrarse, satisfecho, en sus cartas y papeles.

Con su pequeña carpeta de viaje en las rodillas, cogió la estilográfica y se puso a despachar parte de su correspondencia. Pero al cabo de un cuarto de hora pensó que era una lástima abandonar así, en espíritu, esa situación, la más digna de ser gozada que él conocía, desatendiéndola por dedicarse a una actividad indiferente. Dejó, pues, a un lado papel y estilográfica, y fijó su atención en el mar; poco después, atraído por las voces juveniles que llegaban desde el castillo de arena, giró hacia la derecha su cabeza, cómodamente apoyada en el respaldo de la tumbona, para seguir de nuevo las evoluciones del fabuloso Adgio.

Lo encontró a la primera mirada: el lazo rojo sobre el pecho era inconfundible. Ocupado con otros chicos en colocar sobre el húmedo foso del castillo una tabla vieja que sirviera de puente, dirigía las operaciones gritando y haciendo señas con la cabeza. Había allí con él unos diez compañeros, entre chicos y chicas, algunos de su edad y otros más jóvenes, que charlaban en diversas lenguas: polaco, francés y también idiomas balcánicos. Pero su nombre era el que con más frecuencia se oía. Era evidente que todos lo deseaban, cortejaban y admiraban. Uno en particular, polaco como él, un robusto muchachón de cabellos negros y engominados, que llevaba un traje de lino con cinturón y cuyo nombre sonaba algo así como «Jaschu», parecía ser su vasallo y amigo más íntimo. Concluido por esta vez el trabajo en el castillo, los dos amigos echaron a andar por la playa, abrazados, y aquel a quien llamaban «Jaschu» besó al hermoso Adgio.

Aschenbach estuvo tentado de amenazarlo con el dedo. «A ti en cambio, Critóbulo —pensó sonriendo—, te aconsejo viajar un año entero. Es lo mínimo que necesitarías para curarte.» Y luego se comió unas fresas grandes y maduras que le había comprado a un vendedor ambulante. El calor había aumentado mucho, aunque el sol no conseguía atravesar la capa de niebla que velaba el cielo. Una torpe indolencia encadenaba el espíritu, mientras que los sentidos disfrutaban con las terribles y ensordecedoras voces del silencio del mar. Adivinar, indagar qué nombre podía sonar más o menos como «Adgio» pareciole al serio escritor una tarea perfectamente gratificadora y digna de él. Y con ayuda de ciertas reminiscencias polacas dedujo que debería tratarse de «Tadzio», diminutivo de «Tadeusz», cuyo vocativo se convertía en «Tadziu».

Tadzio entró a bañarse. Aschenbach, que lo había perdido de vista, distinguió su cabeza y el brazo con el que avanzaba remando mar adentro, pues la superficie del mar debía de estar lisa hasta muy lejos. Pero ya parecían inquietarse por él, ya se oían voces femeninas llamándolo desde las casetas, repitiendo aquel nombre que dominaba la playa casi como una consigna y, con sus consonantes blandas y la u final prolongada, tenía algo a la vez dulce y salvaje: «¡Tadziu! ¡Tadziu!». El muchacho volvió a la carrera, echando la cabeza atrás y haciendo espuma al batir con las piernas el agua que se le resistía; y la visión de esa figura viva en la que confluían la gracia y la rigidez de la pubertad, de ese efebo con los rizos empapados y bello como un dios, que emergía de las profundidades del mar y del cielo, luchando por desprenderse del líquido elemento, esa visión suscitó en su observador evocaciones míticas: era como un mensaje poético llegado de tiempos arcaicos, desde el origen de la forma y el nacimiento de los dioses. Y, cerrando los ojos, Aschenbach escuchó aquel cántico que resonaba en su interior y, una vez más, pensó que allí se estaba bien y que deseaba quedarse.

Más tarde, y para descansar del baño, Tadzio se tumbó en la arena, envuelto en una sábana blanca recogida bajo su hombro derecho y apoyando la cabeza en el brazo desnudo. Y aunque Aschenbach no lo observase por leer una que otra página suelta de su libro, en ningún momento olvidó que tenía al chiquillo al lado, que le bastaba con girar ligeramente la cabeza a la derecha para admirar aquel prodigio. Casi tenía la sensación de estar allí para proteger el descanso del muchacho, enfrascado en sus asuntos propios y vigilando a la vez constantemente a esa noble figura humana tendida a su derecha, no muy lejos de él.

Y un afecto paternal, la emocionada simpatía que quien posee la belleza inspira al que, sacrificándose en espíritu, la crea, fue invadiendo y agitando su corazón.

Pasado el mediodía abandonó la playa, volvió al hotel y subió a su habitación en el ascensor. Allí permaneció un buen rato ante el espejo, observando sus cabellos grises y su rostro cansado y anguloso. En ese momento pensó en su fama, en toda la gente que lo reconocía y lo miraba con respeto por la calle, sin duda debido a la precisión, coronada por la gracia, de su palabra; evocó todos los éxitos de su talento que aceptaron venirle a la memoria, y recordó incluso su ennoblecimiento. Luego bajó al comedor y almorzó en su mesita. Cuando, concluido el almuerzo, cogió de nuevo el ascensor, un grupo de gente joven, que también venía de comer, se introdujo tras él en la bamboleante caseta. Tadzio, que iba con ellos, se instaló muy cerca de Aschenbach, tan cerca que éste pudo verlo por primera vez no sólo a cierta distancia, como a una estatua, sino con toda exactitud, observándolo hasta en sus menores detalles humanos. Alguien le había dirigido la palabra, y el adolescente, al tiempo que respondía con una sonrisa de indescriptible encanto, abandonó el ascensor en el primer piso, retrocediendo con los ojos bajos. «La belleza engendra pudor», pensó Aschenbach y buscó con insistencia el porqué. Había observado, sin embargo, que los dientes de Tadzio no eran del todo impecables: un tanto irregulares y pálidos, sin el esmalte que les confiere la salud, tenían esa peculiar y frágil transparencia que a veces se observa en la gente aquejada de clorosis. «Se le ve muy delicado y enfermizo –pensó Aschenbach–. Es probable que no llegue a viejo.» Y renunció a justificar ante sí mismo el sentimiento de satisfacción o de apaciguamiento que acompañaba esta idea.

Pasó dos horas en su habitación y, ya por la tarde, se dirigió a Venecia en el *vaporetto*, atravesando la maloliente laguna. Desembarcó en San Marcos, tomó el té en la plaza y emprendió luego, cumpliendo su programa de aquel día, un paseo por las calles. Fue, sin embargo, ese paseo el que operó un cambio radical en su estado de ánimo y sus decisiones.

Un siniestro bochorno oprimía las callejas; el aire era tan espeso que los olores provenientes de las casas, tiendas y fondas —vaharadas de aceite, nubes de perfume y muchos otros— flotaban inmóviles, sin disiparse. El humo de los cigarrillos permanecía largo rato en el mismo lugar, y sólo se desvanecía lentamente. El trajín de la gente en las estrechas callejuelas molestaba al paseante, en vez de divertirlo. Cuanto más deambulaba, más penosamente iba sucumbiendo a ese estado atroz que puede provocar el aire de mar al combinarse con el siroco, un estado de excitación y abatimiento simultáneos. Pronto quedó empapado en un sudor viscoso. Sus ojos se negaron a servirlo, sintió una opresión en el pecho, le entró fiebre y la sangre empezó a latirle en la cabeza. Huyendo del tráfago de las calles comerciales, cruzó una serie de puentes y llegó a las callejas de los barrios pobres, donde lo importunaron los mendigos y las mefíticas emanaciones de los canales le impidieron respirar bien. En una plazuela silenciosa, uno de esos rincones entre perdidos y encantados que abundan en el corazón de Venecia, descansó junto al brocal de un pozo, se secó la frente y comprendió que tenía que marcharse.

Por segunda vez, y ahora definitivamente, comprobó que esa ciudad le resultaba altamente perjudicial con semejante clima. Empecinarse en permanecer parecía irracional, pues las perspectivas de que el viento cambiara eran muy inciertas. Había que decidirse rápido. Regresar a casa era, de momento, imposible. Ni sus cuarteles de verano, ni los de invierno, estaban listos para recibirlo. Pero no sólo allí había mar y playa, también los había en otros sitios, y sin el maligno aditamento de la laguna y sus fétidas emanaciones. Recordó un pequeño balneario, no lejos de Trieste, del que le habían hablado en tono elogioso. ¿Por qué no ir allí? Y sin más dilación, para que el nuevo cambio de lugar valiese aún la pena. Se sintió decidido y se levantó. En el embarcadero más cercano alquiló una góndola y se hizo conducir a San Marcos a través de un turbio laberinto de canales, bajo exquisitos balcones de mármol flanqueados por estatuas de leones, doblando por esquinas de muros viscosos, dejando atrás dolientes fachadas de palacios que reflejaban grandes anuncios comerciales en el agua trémula y sembrada de residuos. Le costó trabajo llegar a su destino, pues el gondolero, que estaba en combinación con fabricantes de encajes y sopladores de vidrio, intentaba hacerlo bajar en todas partes para que viera tiendas y comprase; y cuando la extraña travesía por Venecia empezaba a ejercer su influjo mágico, el rapaz mercantilismo de la reina de los mares hacía lo posible por desencantar ingratamente los sentidos.

De vuelta en el hotel, anunció en la recepción, antes de cenar, que circunstancias imprevistas lo obligaban a partir muy temprano al día siguiente. Lamentaron su decisión y le prepararon la cuenta. Cenó y pasó la tibia velada leyendo periódicos en la terraza posterior, arrellanado en una mecedora. Antes de acostarse, preparó su equipaje para la partida.

Durmió muy mal, pues la inminencia de la partida lo inquietaba. Cuando, al amanecer, abrió las ventanas, el cielo seguía encapotado como el día anterior, pero el aire era más fresco; y entonces comenzaron los remordimientos. ¿No habría tomado una decisión precipitada y errónea, imputable a un estado enfermizo y que en ningún caso debía ser determinante? De haberla retrasado un poco, si en vez de claudicar tan pronto hubiera intentado adaptarse al clima veneciano o esperado una mejoría del tiempo, ahora, en vez de tantas prisas y ajetreos, tendría por delante una mañana de playa igual a la de la víspera. Demasiado tarde. Tenía que seguir queriendo lo que había querido el día anterior. Se vistió y, a las ocho, bajó a desayunar a la planta baja.

El saloncito estaba aún vacío cuando entró. Mientras se instalaba y esperaba a que le sirvieran, fueron llegando huéspedes aislados. Al llevarse la taza de té a los labios vio entrar a las jóvenes polacas con su institutriz. Rígidas y matutinamente frescas, con los ojos enrojecidos, se encaminaron a su mesa junto a la ventana del rincón. Momentos después se le acercó, gorra en mano, el portero, y lo exhortó a partir: que el coche estaba listo para llevarlo, junto con otros viajeros, al Hotel Excelsior, desde donde una motora conduciría a los señores hasta la estación, a través del canal privado de la compañía. El tiempo apremiaba, añadió. Pero Aschenbach pensó que no era cierto. Faltaba más de una hora para que su tren partiese. E indignado por la costumbre de los hoteles de despedir antes de tiempo a los clientes que se marchan, declaró al portero que deseaba desayunar en paz. El tipo se retiró, vacilante, para volver a los cinco minutos: el coche no podía esperar más. Pues entonces que partiera con su baúl, replicó Aschenbach irritado, que él ya cogería el *vaporetto* a su debido tiempo: rogaba que le dejasen asumir personalmente los riesgos de su partida. El empleado se inclinó, y Aschenbach, contento de haber rechazado las molestas amonestaciones, terminó su desayuno sin ninguna prisa y hasta le pidió un diario al camarero. Tenía el tiempo muy justo cuando por fin se levantó. Y quiso el destino que en ese preciso instante entrara Tadzio por la puerta de cristales.

El camino que conducía a la mesa de los suyos se cruzó con el del caballero que partía, y al pasar junto a ese hombre canoso y de frente alta, el muchacho bajó modestamente los ojos y volvió a alzarlos al instante en dirección a él, abriéndolos con la gracia y suavidad que le eran propias. Y así pasó. «¡*Adieu*, Tadzio! –pensó Aschenbach–. «Apenas te he visto.» Y mientras sus labios, transgrediendo su costumbre, daban forma real a lo pensado y lo enunciaban en voz baja, añadió: «¡Bendito seas!». Luego ultimó preparativos, repartió propinas, fue despedido por el menudo y discreto administrador de levita francesa, y abandonó el hotel a pie, tal como había llegado, para enfilar después, seguido por un botones que le llevaba el equipaje de mano, la blanquísima avenida que atravesaba la isla en diagonal, hasta la estación del *vaporetto*. Al llegar ocupó su asiento en la embarcación... y allí empezó su penosísimo calvario a través de todas las simas del remordimiento.

Hizo el habitual trayecto por la laguna, San Marcos y el gran canal. Iba sentado en el banco circular de proa, con un brazo apoyado en la barandilla y la mano como visera. Atrás quedaron los jardines públicos, la *piazzetta* volvió a desplegar su encanto principesco y cedió luego el paso a un fugaz desfile de palacios hasta que, tras un recodo del canal, apareció el fastuoso y tenso arco marmóreo del Rialto. El viajero contemplaba todo aquello con el corazón destrozado. Ahora iba aspirando, a bocanadas tiernas, dolorosas y profundas, la atmósfera de la ciudad, ese olor ligeramente hediondo a mar y a ciénaga del que había querido huir con tanta urgencia. ¿Era posible que no hubiese advertido ni considerado hasta qué punto le tenía apego a todo aquello? Pues lo que esa mañana había sido un pesar vago, una ligera duda sobre la pertinencia de su decisión, se acabó convirtiendo en aflicción, en un auténtico dolor, en una desesperanza tan amarga e imposible de prever, según se dijo a sí mismo, que los ojos se le llenaron varias veces de lágrimas. Lo que le resultaba tan difícil de tolerar y, a ratos, completamente insufrible, era, por lo visto, la idea de que nunca volvería a ver Venecia, de que se estaba despidiendo para siempre. Pues siendo aquélla la segunda vez que la ciudad lo había puesto enfermo, la segunda vez que lo obligaba a abandonarla de forma precipitada, tendría que considerarla a partir de entonces como un lugar para él vedado e imposible, un lugar superior a sus fuerzas y que hubiera sido insensato visitar nuevamente. Sí, sintió que si se marchaba ahora, la vergüenza y el despecho le impedirían, fatalmente, ver de nuevo su bienamada ciudad, esa ciudad ante la cual, por dos veces, su cuerpo había claudicado; y este conflicto entre inclinación anímica y resistencia corporal le pareció de pronto tan grave e importante a ese hombre ya maduro, la derrota física tan oprobiosa y digna de evitar a cualquier precio, que ya no comprendió la absurda resignación con la cual, el día anterior, había decidido tolerarla y aceptarla sin combatir seriamente contra ella.

Entretanto, el *vaporetto* se aproxima a la estación, y el dolor y la perplejidad adquieren proporciones caóticas. Partir le parece al torturado viajero no menos imposible que volver. Y así, profundamente desgarrado, entra en la estación. Es muy tarde; no puede perder ni un minuto si quiere alcanzar el tren. Quiere y no quiere. Pero el tiempo apremia, lo hostiga a proseguir; él se apresura a adquirir su billete y, entre el gentío del vestíbulo, busca con la mirada al empleado de la compañía hotelera. El hombre se presenta finalmente y le comunica que el baúl grande ya ha sido facturado. «¿Facturado?» «Sí, señor, a Como.» «¿A Como?» Y tras un brusco intercambio de preguntas airadas y respuestas confusas consigue sacar en claro que, en la misma oficina de facturación del Hotel Excelsior, el baúl ya había sido expedido, junto con otros equipajes, a una dirección totalmente equivocada.

No poco esfuerzo le costó a Aschenbach mantener el único semblante concebible en tales circunstancias. Una extraña alegría, un increíble gozo le agitaba el pecho en forma casi convulsiva. El empleado se precipitó fuera a ver si conseguía retener el baúl, pero, como era de esperar, volvió con las manos vacías. Aschenbach declaró entonces que sin su equipaje no deseaba viajar, que estaba decidido a volver y esperar la llegada del baúl en el Hotel de los Baños. Si la motora aún se hallaba ante la estación, preguntó. El empleado le aseguró que seguía en la puerta. Con una locuacidad auténticamente italiana convenció luego al de la taquilla de que aceptara la devolución del billete, jurando que telegrafiaría, que no escatimaría ningún medio para recuperar el baúl lo antes posible... y así se dio el extraño caso de que, a los veinte minutos de haber llegado a la estación, el viajero se encontró otra vez en el gran canal, navegando de regreso al Lido.

¡Increíble aventura, humillante y de onírica comicidad al mismo tiempo! ¡Que un brusco revés del destino le permitiera ver de nuevo, y en menos de una hora, lugares de los cuales, con profunda melancolía, acababa de despedirse para siempre! Haciendo espuma por la proa, esquivando con graciosa agilidad góndolas y vaporcitos, la pequeña y presurosa embarcación volaba rumbo a su meta, mientras su único pasajero intentaba ocultar, bajo una máscara de indignada resignación, la típica excitación, entre traviesa y temerosa, del chiquillo que se ha fugado de su casa. La idea de haber sufrido un contratiempo que, según se dijo a sí mismo, no hubiera podido afligir más gratamente a un hombre afortunado, aún lo hacía reír de rato en rato. Habría que dar explicaciones, afrontar caras de asombro... pero luego, añadió para sí mismo, todo quedaría arreglado, luego habría evitado una desgracia y reparado un grave error, y todo cuanto creía haber dejado a sus espaldas volvería a desplegarse ante él, sería nuevamente suyo por el tiempo que quisiera... Por lo demás, ¿sería una ilusión debida a la velocidad del bote o de verdad soplaba, proveniente del mar, un abundante y generoso viento?

El oleaje batía los muros de cemento del estrecho canal que atraviesa la isla hasta el Hotel Excelsior. Un ómnibus a motor aguardaba allí al viajero y lo condujo, bordeando el encrespado mar, hasta el Hotel de los Baños. El administrador bajito y bigotudo, de la levita entallada, bajó la gradería exterior para saludarlo.

Lamentó el percance en tono discretamente lisonjero, calificándolo de penosísimo para él y todo el personal, pero aprobó muy convencido la decisión de Aschenbach de esperar allí su baúl. Por cierto que su habitación ya había sido ocupada, aunque otra, no menos buena, sería puesta a su disposición de inmediato. *«Pas de chance, monsieur»*, le dijo sonriendo el ascensorista suizo mientras subían. Y el fugitivo se vio así nuevamente alojado en un cuarto cuya situación y mobiliario eran casi idénticos a los del anterior.

Exhausto y aturdido por el ajetreo de esa extraña mañana, Aschenbach distribuyó el contenido de su maletín de mano por la habitación y se instaló en un sillón junto a la ventana abierta. El mar había adquirido un tinte verde pálido, el aire parecía más tenue y puro, y la playa, con sus casetas y embarcaciones, presentaba tonalidades más vivas pese a que el cielo aún seguía gris. Con las manos juntas sobre las rodillas, feliz de estar otra vez allí, Aschenbach sacudió la cabeza, descontento al recordar su indecisión y la ignorancia de sus propios deseos, y se puso a mirar fuera. Así permaneció una hora larga, relajado, sin pensar, perdido en vagas ensoñaciones. Hacia el mediodía divisó a Tadzio que, en su traje de lino a rayas con el lazo rojo, volvía del mar al hotel por las pasarelas de madera que acotaban la playa. Aschenbach lo reconoció enseguida, antes de haberlo distinguido realmente desde la altura en que se encontraba, y ya se disponía a pensar algo así como «¡Vaya, Tadzio! ¡Ya estás tú también de nuevo por aquí!», cuando en ese instante sintió que su débil saludo se extinguía, enmudeciendo ante la verdad de su corazón; sintió el entusiasmo que latía en sus venas, la alegría y el dolor que colmaban su alma, y comprendió que si la partida le había resultado tan penosa, era debido a Tadzio.

Y allí en lo alto, invisible a todos y en medio de un silencio absoluto, dirigió la mirada a su interior. Sus facciones se habían reanimado, las cejas se le arquearon y una atenta sonrisa, curiosa y espiritual a la vez, tensó su boca. Luego alzó la cabeza y, con los dos brazos que colgaban lánguidos a ambos lados del sillón, inició un lento movimiento rotatorio hacia lo alto, las palmas de las manos vueltas hacia arriba, como sugiriendo la apertura y expansión de ambos brazos. Era un gesto de complaciente bienvenida, de solícita y serena aceptación.

4

Día tras día, el dios de las mejillas de fuego guiaba desnudo su ignívoma cuadriga por los espacios del cielo, agitando sus rubias guedejas al soplo del impetuoso euro. Un resplandor sedoso y blanquecino cubría el perezoso oleaje de las llanuras del Ponto. La arena ardía. Bajo la bóveda azul con destellos plateados del éter, veíanse unos toldos de tono herrumbroso tendidos ante las casetas, en cuyo círculo de sombra perfectamente delimitado pasaba la gente sus horas matinales. Pero deliciosa era también la noche, cuando las plantas del parque perfumaban el aire como un bálsamo, las constelaciones hacían su ronda allá en lo alto, y el murmullo del mar se alzaba dulcemente desde las tinieblas para aconsejar el alma. Noches que contenían la feliz promesa de un nuevo día de sol y de ocio apenas programado, pródigo en innumerables y casi ininterrumpidas posibilidades de toparse con un adorable azar.

El huésped, retenido allí por tan acomodaticio incidente, estaba muy lejos de ver en la recuperación de su equipaje un motivo para partir nuevamente. Por espacio de dos días tuvo que soportar algunas privaciones y presentarse en el gran comedor en traje de viajero. Después, cuando por fin subieron a su habitación el extraviado bulto, lo vació del todo y fue llenando cajones y armario con sus cosas, decidido a permanecer allí por tiempo indefinido de momento, dichoso de poder pasar las horas de playa en su traje de seda y, a la hora de cenar, dejarse ver de nuevo en su mesita con un traje de noche apropiado.

La placentera regularidad de esa existencia no tardó mucho en hechizarlo; pronto se sintió fascinado por la dulce y brillante placidez de aquel tren de vida. En efecto, ¡qué vacaciones las suyas: unir los encantos de una vida señorial en una playa del sur a la proximidad inmediata de la fabulosa y singular ciudad! Aschenbach no amaba el placer. Cada vez que se trataba de hacer fiesta, de concederse un descanso, de pasar unos días agradables en algún lugar, muy pronto —y esto solía ocurrirle sobre todo en sus años juveniles— el disgusto y la inquietud volvían a impulsarlo a la excelsa fatiga, a la sagrada sobriedad de su ministerio cotidiano. Sólo ese espacio era capaz de cautivarlo, de relajar su voluntad y hacerlo sentirse feliz. Algunas mañanas, sentado bajo el toldo de su caseta, perdida la mirada en el azul del mar meridional, o también algunas noches tibias, arrellanado entre los cojines de la góndola que, desde la plaza de San Marcos, donde pasaba largos ratos, lo traía de vuelta al Lido bajo un cielo constelado —dejando atrás las luces multicolores y los cadenciosos ecos de las serenatas—, se ponía a recordar su casa de las montañas, escenario de tantas batallas estivales, cuyo jardín era invadido por profundas nieblas, donde terribles tormentas apagaban de noche las luces, y los cuervos, que él alimentaba, se mecían en las copas de los pinos. Entonces se sentía como arrebatado a los Campos Elíseos, en los confines de la Tierra, donde los hombres viven dichosamente y jamás hay nieve, ni invierno, ni tempestades ni lluvias torrenciales, sino que el Océano exhala siempre una brisa suave y refrescante; donde los días transcurren en medio de un ocio divino, sin luchas ni fatigas, consagrados exclusivamente al sol y sus festividades.

Mucho, casi continuamente veía Aschenbach al efebo Tadzio; lo limitado del espacio y el régimen de vida común a todos, hacían que el bello adolescente pasara el día entero, salvo breves interrupciones, cerca de él. Lo veía y se lo encontraba en todas partes: en la planta baja del hotel, durante las refrescantes travesías de ida y vuelta a la ciudad, en medio de la fastuosa plaza, y a menudo también en puentes y callejas, cuando el azar decidía intervenir graciosamente. Pero eran sobre todo esas mañanas transcurridas en la playa las que le ofrecían, con felicísima continuidad, abundantes ocasiones de consagrar un interés devoto y estudioso a la adorable aparición. Y era precisamente esa constancia de la fortuna, la diaria regularidad con que volvían a presentarse esas circunstancias favorables, lo que le colmaba de satisfacción y alegría de vivir, lo que le hacía cara su permanencia y con tanto placer iba alineando un día de sol tras otro.

Se levantaba temprano, como solía hacerlo cuando su afán de trabajar era particularmente intenso, y bajaba entre los primeros a la playa, cuando el sol era aún débil y el mar, sumido en sueños matinales, reverberaba con deslumbrante blancura. Saludaba afablemente al guardián de las casetas y daba también los buenos días al viejo descalzo y de barba blanca que le preparaba el sitio, tendiendo el parduzco toldo y sacando los muebles de la caseta a la plataforma, donde él se instalaba. Y mientras el sol iba adquiriendo una fuerza terrible al elevarse, y el azul del mar se volvía más y más profundo, él disponía de tres o cuatro horas en las que le era dado contemplar a Tadzio.

Lo veía venir por la izquierda, bordeando la orilla; lo veía surgir por detrás, entre las casetas, o bien advertía de pronto, no sin un gozoso sobresalto de temor, que no lo había visto llegar pero ya estaba allí, en ese traje de baño a rayas blancas y azules que era su única indumentaria en la playa, y había reanudado sus actividades habituales en la arena, bajo el sol, esa vida adorablemente fútil, inestable y ociosa que era juego y reposo a la vez, un perpetuo vagar, chapotear, cavar, acechar, tumbarse y nadar, vigilado desde la plataforma por mujeres que gritaban su nombre con voz de falsete: «¡Tadziu! ¡Tadziu!», y hacia las cuales él corría gesticulando vivamente, dispuesto a contarles sus aventuras y a mostrarles el botín que había recogido: almejas, hipocampos, medusas y cangrejos que se movían de costado. Aschenbach no entendía una palabra de cuanto decía, y, por más banal y cotidiano que fuese, sus oídos percibían una especie de vago entramado armónico. El exotismo elevaba así los discursos del adolescente al rango de música, un sol desbordante derrochaba sobre él sus resplandores, y la sublime perspectiva del mar daba siempre fondo y relieve a su figura.

El contemplador estuvo pronto en condiciones de distinguir cada línea y cada pose de aquel cuerpo excelso, que tan libremente se ofrecía a su vista; saludaba con renovado gozo cada una de sus ya familiares perfecciones y no hallaba límites a su admiración ni a la tierna voluptuosidad de sus sentidos. Alguna vez llamaban al chiquillo a saludar a un visitante que ofrecía sus respetos a las damas; Tadzio corría a la caseta, quizá todavía mojado y echando hacia atrás los rizos, y al tender la mano, apoyándose en una pierna y manteniendo la otra en equilibrio sobre la punta del pie, ladeaba y giraba el cuerpo con un gesto deliciosamente tenso, pudoroso por amabilidad natural y coqueto por un aristocrático sentido del deber. O bien se tumbaba con la toalla enrollada en torno al pecho, apoyando en la arena la delicada escultura de su brazo y la barbilla en el cuenco de la mano; y el muchachón al que llamaban «Jaschu» se acuclillaba a su lado y lo acariciaba, y nada era más fascinante que la sonrisa de ojos y labios con que el elegido miraba al inferior, al vasallo. Otras veces se quedaba de pie al borde del agua, apartado de los suyos y muy cerca de Aschenbach, las manos cruzadas detrás de la nuca, columpiándose lentamente sobre los dedos del pie y soñando ante la azul inmensidad, mientras las diminutas olas de la orilla bañaban sus plantas. La cabellera color miel se le ensortijaba dócilmente sobre las sienes y en la nuca, el sol encendía la suave pelusilla de la región cervical, y el fino dibujo del costillar y la simetría de su pecho resaltaban tras la tenue envoltura del torso. Sus axilas todavía eran lisas como las de una estatua, las corvas le brillaban y la azulina red venosa hacía aparecer más diáfana la materia de que estaba hecho su cuerpo. ¡Qué disciplina, qué precisión en las ideas se expresaban a través de ese cuerpo cimbreño y juvenilmente perfecto! Pero la voluntad pura y severa que, operando en la oscuridad, había logrado sacar a la luz esa estatua divina ¿no le resultaba acaso a él, el artista, algo ya familiar y conocido? ¿No operaba también en él, cuando, impulsado por una sobria pasión, liberaba de la masa marmórea del lenguaje la esbelta forma que había contemplado en su espíritu y la ofrecía a los hombres como imagen y espejo de la belleza espiritual?

¡Imagen y espejo! Sus ojos abarcaron la noble figura que se erguía allá abajo, en las lindes del azul, y en un arrebato de entusiasmo creyó abrazar la belleza misma con esa mirada, la forma como pensamiento divino, la perfección pura y única que vive en el espíritu y de la cual, para ser adorada, se había erigido allí una copia, un símbolo lleno de gracia y ligereza. ¡Era la embriaguez! Y, sin advertirlo, o más bien con fruición, el senescente artista le dio la bienvenida. Su espíritu empezó a girar, su formación cultural entró en ebullición y su memoria fue rescatando ideas antiquísimas que había recibido en su juventud y hasta entonces nunca había reavivado con fuego propio. ¿No estaba escrito que el sol desvía nuestra atención de las cosas del intelecto para dirigirla hacia las de los sentidos? Pues, según decían, hechizaba y entorpecía entendimiento y memoria en un grado tal que el alma, impulsada por el placer, olvidaba totalmente su verdadero estado, y, presa de admirativo asombro, permanecía atada a los objetos más hermosos que el sol alumbra: sí, sólo con la ayuda de un cuerpo era capaz de acceder luego a un plano de contemplación más elevado. Amor, por cierto, imitaba en esto a los matemáticos, que presentan a los niños aún inexpertos imágenes concretas de las formas puras: así también, para hacernos visible lo espiritual, el dios gustaba de recurrir a la figura y el color de la juventud humana, a la que convertía en instrumento de la reminiscencia adornándola con todo el esplendor de la belleza, y ante cuya visión nos abrasaba luego el dolor y la esperanza.

Así pensaba el entusiasmado; tales eran sus sentimientos. Y la embriaguez marina, unida a la reverberación del sol, acabaron desplegando ante sus ojos una fascinante escena: vio el viejo plátano no lejos de las murallas de Atenas, vio aquel lugar sagrado y umbrío, embalsamado por el aroma del sauzgatillo en flor y exornado por estatuillas votivas y ofrendas piadosas depositadas en honor de las ninfas y del Aqueloo. Al pie del árbol de frondosas ramas corría el límpido arroyuelo sobre un lecho de guijarros lisos, y las cigarras poblaban el aire con sus chirridos. Pero sobre el césped, cuya suave pendiente permitía mantener la cabeza en alto incluso estando echado, reposaban dos hombres que se habían guarecido allí de los ardores del día: un viejo y un joven, uno feo y el otro bello, el sabio junto al digno de ser amado. Y alternando cumplidos con toda suerte de bromas e ingeniosos galanteos, Sócrates instruía a Fedro sobre el deseo y la virtud. Le hablaba de los ardientes temores que padece el hombre sensible cuando sus ojos contemplan un símbolo de la Belleza eterna; le hablaba de los apetitos del no iniciado, del hombre malo que no puede pensar en la Belleza cuando ve su reflejo y es, por tanto, incapaz de venerarla; le hablaba del terror sagrado que invade al hombre de sentimientos nobles cuando se le presenta un rostro semejante al de los dioses, un cuerpo perfecto, de cómo un temblor lo recorre y, fuera de sí, apenas si se atreve a mirarlo, y venera al que posee la Belleza y hasta le ofrendaría sacrificios como a una columna votiva si no temiera pasar por insensato a los ojos de los hombres. Porque la Belleza, Fedro mío, y sólo ella es a la vez visible y digna de ser amada: es, tenlo muy presente, la única forma de lo espiritual que podemos aprehender y tolerar con los sentidos. Pues, ¿qué sería de nosotros si las demás formas de lo divino, si la Razón, la Virtud o la Verdad quisieran revelarse a nuestros sentidos? ¿Acaso no pereceríamos y nos consumiríamos de amor como Semele al contemplar a Zeus? La Belleza es, pues, el camino del hombre sensible hacia el espíritu..., sólo el camino, un simple medio, mi pequeño Fedro... Y el taimado cortejador añadió luego su idea más refinada: que el amante es más divino que el amado, porque el dios habita en él y no en el otro..., acaso el pensamiento más tierno y burlón jamás concebido por alguien, y del cual brotan toda la picardía y la más misteriosa e íntima voluptuosidad del deseo.

Razón de dicha es para el escritor el pensamiento capaz de transmutarse, todo él, en sentimiento, y el sentimiento capaz de devenir, todo él, idea. Una de esas ideas latentes, uno de esos sentimientos comedidos rondaba y obedecía por entonces al solitario: que la naturaleza se estremece de placer cuando el espíritu se inclina, reverente, ante la Belleza. Y súbitamente lo asaltó un deseo de escribir. Cierto es que, según dicen, Eros ama el ocio, y sólo para él fue creado. Pero, en aquella fase de la crisis, la excitación del aquejado lo impulsaba a producir. Poco importaba el pretexto. Una encuesta, una invitación a pronunciarse sobre un serio y candente problema relacionado con la cultura y el gusto había circulado poco antes por el mundo intelectual, alcanzando a Aschenbach en pleno viaje. El tema le resultaba familiar, era una experiencia vivida; y el deseo de hacerla brillar a la luz de su palabra se le hizo de pronto irresistible. Más aún, su aspiración era trabajar en presencia de Tadzio, escribir tomando como modelo la figura del efebo, hacer que su estilo siguiera las líneas de ese cuerpo, en su opinión, divino, y elevar su belleza al plano espiritual, como en cierta ocasión el águila elevara al éter al pastor troyano. Nunca había sentido con mayor dulzura el placer de la palabra ni había sido tan consciente de que Eros moraba en ella, como durante esas horas peligrosamente exquisitas en las que, sentado a su tosca mesa bajo el toldo de lona, en presencia de su ídolo y con la música de su voz en el oído, dio forma a un breve ensayo inspirándose en la belleza de Tadzio, una página y media de prosa selecta cuya transparencia, nobleza y tenso y vibrante lirismo habrían de suscitar, poco después, la admiración de mucha gente. Es, sin duda, positivo que el mundo sólo conozca la obra bella y no sus orígenes ni las circunstancias que acompañaron su génesis, pues el conocimiento de las fuentes que inspiraron al artista lo confundiría e intimidaría, anulando así los efectos de la excelsitud. ¡Extrañas horas! ¡Fatiga extrañamente enervante! ¡Comercio curiosamente fecundo del espíritu con un cuerpo! Cuando Aschenbach puso a buen recaudo su trabajo y abandonó la playa, se sintió exhausto, interiormente derruido: era como si su conciencia lo estuviera inculpando después de una orgía.

Fue a la mañana siguiente cuando, a punto ya de salir del hotel, divisó desde la escalinata exterior a Tadzio que, yendo hacia el mar, se acercaba —totalmente solo esta vez— a las barreras que acotaban la playa. El deseo, la simple idea de aprovechar esa ocasión para entablar fácil y alegremente conocimiento con aquel que, sin saberlo, le producía tanta emoción y entusiasmo, para dirigirle la palabra y disfrutar de su respuesta y su mirada, se le impuso entonces como algo perfectamente natural. El bello Tadzio avanzaba despacio, no era difícil alcanzarlo. Y Aschenbach aprieta el paso, le da alcance en la pasarela, detrás de las casetas, quiere ponerle una mano sobre la cabeza, en el hombro... y una palabra cualquiera, una frase amable, en francés, aletean en sus labios; pero siente que su corazón, quizá también por haber caminado tan deprisa, le golpea el pecho como un martillo; que él mismo, casi sin aliento, sólo podría hablar con voz trémula y oprimida; vacila, intenta dominarse; de pronto teme haberle seguido los pasos demasiado tiempo, teme que el muchacho se dé cuenta, teme su mirada interrogadora cuando vuelva la cara; toma un impulso final, se detiene, renuncia y, con la cabeza gacha, pasa de largo.

«¡Demasiado tarde!», pensó en aquel momento. «¡Demasiado tarde!» Pero, ¿lo era realmente? El paso que no había llegado a dar hubiera, muy probablemente, redundado en beneficio suyo, brindándole una solución dichosa y fácil, operando un saludable desencantamiento. Pero lo cierto es que el senescente escritor no quería el desencantamiento: su embriaguez le resultaba demasiado grata. ¿Quién podría descifrar la naturaleza y esencia del temperamento artístico? ¿Quién podría comprender la profunda e instintiva síntesis de disciplina y desenfreno que le sirve de base? Pues no poder desear un saludable desencantamiento es desenfreno. Aschenbach no sentía ya disposición alguna a practicar la autocrítica; sus gustos, el temple espiritual propio de su edad, el respeto a sí mismo, la madurez y una simplicidad tardía, no lo predisponían a analizar los móviles ni a decidir si era por escrúpulos, negligencia o debilidad que no había realizado su propósito. Estaba confundido, temía que alguien, aunque sólo fuera el guardián de la playa, hubiese observado su carrera y su derrota: temía mucho hacer el ridículo. Por otra parte, bromeaba consigo mismo sobre su temor cómico a la vez que sagrado. «Consternado –pensó–, consternado como un gallo que deja caer las alas en plena pelea. Se trata realmente del dios que, a la vista del que es digno de ser amado, nos vuelve pusilánimes y echa por tierra nuestro orgullo, aniquilándolo...» Así fantaseaba lúdicamente; era demasiado soberbio para temerle a un sentimiento.

Ya no controlaba el tiempo libre que se concedía a sí mismo; la idea de regresar ni siquiera rozaba su espíritu. Se había hecho enviar una gran suma de dinero. Su única preocupación era la posible partida de la familia polaca; pero un día, charlando con el peluquero del hotel, se enteró bajo mano de que aquellos huéspedes habían llegado muy poco antes que él. El sol le iba bronceando cara y manos, mientras la excitante brisa marina lo impulsaba a sentir; y así como normalmente solía agotar en una obra, sin dilación, toda la energía que le hubiesen procurado el sueño, la alimentación o la naturaleza, ahora consentía que toda la fuerza acumulada en su persona por la acción diaria del sol, el ocio y el aire de mar, se diluyera, con magnánima prodigalidad, en la embriaguez de los sentidos.

Su sueño era ligero; noches breves y vibrantes de un feliz desasosiego interrumpían la deliciosa uniformidad de sus días. Si bien se retiraba a descansar temprano —pues a las nueve, cuando Tadzio desaparecía de la escena, la jornada concluía para él—, un tierno escalofrío de temor lo despertaba con las primeras luces del alba; su corazón recordaba su aventura, y él, no pudiendo soportar por más tiempo las sábanas, se levantaba y, ligeramente cubierto para protegerse del fresco matutino, se sentaba junto a la ventana abierta a esperar la salida del sol. El prodigioso espectáculo infundía recogimiento a su alma consagrada por el sueño. Cielo, tierra y mar yacían aún inmersos en una lividez crepuscular, espectral, hialina; en la infinitud flotaba todavía alguna estrella moribunda. Pero, de pronto, una brisa, un alado mensaje proveniente de inaccesibles moradas venía a anunciar que Eos había abandonado el lecho de su esposo; y en las zonas más remotas del cielo y del mar aparecía aquel dulce resplandor primero, cuya rubicundez anuncia el renacer del universo para los sentidos. Se acercaba la diosa, aquella raptora de adolescentes que había arrebatado a Clito y a Céfalo y que, desafiando la envidia de todos los Olímpicos, disfrutó del amor del bello Orión. Un deshojar de rosas en los confines del mundo, un relucir y florecer de inefable dulzura, nubes diáfanas y candorosas flotando transfiguradas como serviciales Amorcillos en un espacio entre rosáceo y azulino, y el mar se iba cubriendo de un tinte purpúreo que el oleaje parecía extender hacia la orilla. Doradas lanzas se elevaban luego hasta la bóveda del cielo, el resplandor se transmutaba silenciosamente en incendio, y el ardor y el deseo arrojaban con divina furia sus lenguas llameantes hacia lo alto, mientras los sagrados corceles del hermano fustigaban con casco impaciente las cimas del firmamento. Irradiado por el esplendor del dios, el solitario vigilante cerraba los ojos dejando que la majestad divina besara sus párpados. Con una sonrisa entre confusa y admirada reconocía entonces antiguos sentimientos, penas del corazón tempranas y entrañables que, asfixiadas por el severo oficio de toda una vida, retornaban ahora, extrañamente transformadas. Se ponía a meditar, a soñar; lentamente sus labios formaban un nombre y, sin dejar de sonreír, con el rostro vuelto hacia lo alto y las manos juntas sobre las rodillas, volvía a adormecerse en su sillón.

Pero el día, que se inauguraba con tan solemne ritual de fuegos, conservaba en general una extraña sublimidad y sufría transformaciones míticas. ¿De dónde podía provenir esa brisa que, tan dulce y enjundiosa como una inspiración llegada de lo alto, retozaba de pronto entre sus sienes y orejas? Grupos de cándidas y vedijosas nubecillas pacían dispersas por el cielo como rebaños en la dehesa de los dioses. Se levantaba un viento más fuerte y acudían los corceles de Poseidón, encabritados, y los toros del dios de cerúleos rizos también embestían con los cuernos bajos y mugiendo. Las olas, cabras retozonas, brincaban insistentemente entre los alisados roquedales de la playa más lejana. Un mundo numinosamente trastocado, vibrante de vida pánica, envolvía al hechizado Aschenbach, cuyo corazón soñaba tiernas fábulas. Muchas veces, cuando el sol se ponía detrás de Venecia, se sentaba en un banco del parque a contemplar a Tadzio, que, vestido de blanco y con un cinturón de color, se entretenía jugando a la pelota en el terreno de grava aplanada; y creía estar viendo a Jacinto, el joven condenado a morir porque dos dioses lo amaban. Sí, hasta llegó a sentir los dolorosos celos de Céfiro por el rival que olvidaba el oráculo, el arco y la cítara para jugar siempre con el bello mancebo; veía el disco desviado por los crueles celos herir la adorable cabeza, y recibía, empalideciendo él también, el quebrantado cuerpo entre sus brazos; y la flor surgida de la dulce sangre llevaba inscrito su lamento interminable...

Nada hay más extraño ni más delicado que la relación entre personas que sólo se conocen de vista, que se encuentran y se observan cada día, a todas horas, y, no obstante, se ven obligadas, ya sea por convencionalismo social o por capricho propio, a fingir una indiferente extrañeza y a no intercambiar saludo ni palabra alguna. Entre ellas va surgiendo una curiosidad sobreexcitada e inquieta, la histeria resultante de una necesidad de conocimiento y comunicación insatisfecha y anormalmente reprimida, y, sobre todo, una especie de tenso respeto. Pues el hombre ama y respeta al hombre mientras no se halle en condiciones de juzgarlo, y el deseo vehemente es el resultado de un conocimiento imperfecto.

Era inevitable que entre Aschenbach y el joven Tadzio se fuera estableciendo cierta relación, cierto tipo de conocimiento; y el más viejo pudo comprobar, transido de gozo, que su simpatía y su atención no habían quedado totalmente sin respuesta. ¿Qué podía impulsar al hermoso mancebo, por ejemplo, a no utilizar nunca la pasarela de detrás de las casetas cuando bajaba temprano a la playa, sino a dirigirse a la cabina de los suyos por delante, cruzando indolentemente la arena frente a Aschenbach y acercándose a él sin necesidad, hasta casi rozar a veces su mesa y su silla? ¿Tan grande era la atracción, la fascinación ejercida por un sentimiento superior sobre ese frágil y desprevenido objeto? Cada día aguardaba Aschenbach la llegada de Tadzio, y a veces fingía estar ocupado en aquel momento, dejando que el bello pasara a su lado aparentemente inadvertido. Pero otras veces alzaba los ojos y sus miradas se cruzaban. Ambos adoptaban un aire de profunda seriedad en esos casos. Nada, en el rostro adusto y majestuoso del más viejo, delataba una agitación interna; pero en los ojos de Tadzio sí brillaba un deseo de explorar, una indagación pensativa; su andar se tornaba vacilante, bajaba la mirada al suelo y volvía a levantarla con gesto adorable, y cuando ya había pasado, algo en su actitud parecía insinuar que sólo la buena educación le impedía volverse.

Una noche, sin embargo, ocurrió algo muy distinto. Los hermanos polacos y su institutriz no aparecieron en el gran salón a la hora de cenar, cosa que Aschenbach advirtió con gran pesar. Terminada la cena, y muy inquieto por aquella ausencia, se dirigía en traje de noche y sombrero de paja al pie de la terraza, frente al hotel, cuando de pronto vio surgir, a la luz de las lámparas de arco, a las monjiles hermanas con su educadora, y, cuatro pasos más atrás, a Tadzio. Era evidente que venían del embarcadero, después de haber cenado en la ciudad por algún motivo. Debía de hacer fresco en la laguna; Tadzio llevaba una chaqueta marinera azul oscuro con botones dorados y la correspondiente gorra en la cabeza. Ni el sol ni el aire de mar lo habían bronceado, su piel conservaba el mismo tono marmóreo amarillento de los primeros días. Pero esa noche parecía más pálido que de costumbre, tal vez debido al fresco o a la luminosidad lunar de las lámparas. El trazo regular de sus cejas se había perfilado aún más, y la oscuridad de sus ojos era más profunda. Su belleza superaba lo expresable y, como tantas otras veces, Aschenbach sintió, apesadumbrado, que la palabra sólo puede celebrar la belleza, no reproducirla.

No esperaba encontrarse allí con la querida aparición, que lo cogió desprevenido y no le dio tiempo de consolidar una expresión de calma y dignidad en su semblante. La alegría, la sorpresa y la admiración debieron de reflejarse claramente en él cuando su mirada se cruzó con la del añorado ausente, y en ese mismo instante Tadzio sonrió: le sonrió entreabriendo poco a poco los labios en una sonrisa elocuente, familiar, franca y seductora. Era la sonrisa de Narciso inclinado sobre el espejo del agua, esa sonrisa larga, profunda y hechizada que acompaña el gesto de tender los brazos hacia el reflejo de su propia belleza; esa sonrisa que se contrae muy levemente ante el desesperado esfuerzo por besar los dulces labios de su sombra; una sonrisa coqueta, curiosa y un tanto atormentada, deludida y delusoria.

El destinatario de esa sonrisa se fugó con ella como con un regalo fatal. Su turbación era tan grande que tuvo que huir de las luces de la terraza y del jardín, y refugiarse a paso rápido en la oscuridad del parque posterior. Allí estalló en reproches tiernos y extrañamente irritados: «¡No debes sonreír así! ¿Me oyes? ¡A nadie hay que sonreírle así!». Se dejó caer en un banco y, fuera de sí, aspiró el perfume nocturno de las plantas. Después, apoyándose en el respaldo, los brazos indolentemente caídos, abrumado y sacudido varias veces por escalofríos, musitó la fórmula fija del deseo, imposible en este caso, absurda, abyecta, ridícula y, no obstante, sagrada, también aquí venerada: «Te amo».

5

A la cuarta semana de su estancia en el Lido, Gustav von Aschenbach hizo unas cuantas observaciones inquietantes sobre su entorno inmediato. En primer lugar, le pareció que cuanto más avanzaba la estación, la clientela del hotel tendía menos a aumentar que a disminuir, y, sobre todo, que el idioma alemán iba menguando y enmudeciendo a su alrededor, de suerte que al final, tanto en el comedor como en la playa, sólo llegaban a su oído sonidos extranjeros. Luego, conversando un día con el peluquero –al que ahora visitaba a menudo–, pescó al vuelo una palabra que lo desconcertó. El hombre le estaba hablando de una familia alemana que acababa de partir tras una breve estancia, e impulsado por su garrulería, añadió en tono zalamero:

–Pero usted se queda, señor; el mal no le da miedo.

Aschenbach lo miró y repitió:

–¿El mal?

El parlanchín enmudeció, se hizo el ocupado e ignoró la pregunta. Pero viendo que se la planteaban con más insistencia, declaró no estar al tanto de nada e intentó, con abochornada elocuencia, desviar la conversación.

Esto ocurrió al mediodía. Por la tarde, con un mar en calma y bajo un sol ardiente, Aschenbach se dirigió a Venecia: su manía lo impulsaba a seguir a los hermanos polacos, a los que había visto tomar el camino del embarcadero en compañía de su institutriz. No encontró a su ídolo en San Marcos. Pero a la hora del té, sentado a una mesita redonda de hierro en el lado sombreado de la plaza, sintió de pronto en el aire un olor peculiar que le pareció haber percibido ya días atrás, aunque sin darse mayormente cuenta: un olor dulzón, medicinal, que evocaba miseria, heridas y una higiene sospechosa. Lo analizó a conciencia y lo reconoció; luego terminó su té y abandonó la plaza por el lado opuesto al de la basílica. El olor se intensificó en la estrechez de las callejas. En las esquinas habían fijado carteles impresos donde se advertía paternalmente a la población que, debido a ciertos desarreglos del sistema gástrico frecuentes en esa época del año, se abstuviera de consumir ostras y mariscos, y se cuidara del agua de los canales. A juzgar por su tono, era evidente que el bando intentaba cohonestar los hechos. En puentes y plazas se veían grupos de silencio junto a los que el forastero iba pasando, observante y meditativo.

Viendo a un comerciante apoyado en la puerta de su tienda, entre collares de coral y aderezos de amatistas falsas, le pidió información sobre el funesto olor. El hombre lo miró con ojos serios y, tras cobrar ánimos rápidamente, respondió gesticulando:

–Una medida preventiva, caballero; una disposición policial muy loable. Este clima resulta opresivo y el siroco no es beneficioso para la salud. En fin, ya me entiende..., una precaución quizás algo exagerada...

Aschenbach le agradeció y siguió su camino. En el *vaporetto* que lo llevó de vuelta al Lido también sintió el olor a desinfectante.

Ya en el hotel, se dirigió de inmediato a la mesita del vestíbulo, donde ponían los periódicos, y pasó un rato hojeándolos. No encontró nada en los extranjeros. Los de su país consignaban rumores, ofrecían cifras fluctuantes y publicaban desmentidas oficiales cuya veracidad, sin embargo, era cuestionada. Eso explicaba la partida de la clientela alemana y austríaca. Los ciudadanos de las demás naciones no sabían ni sospechaban, por lo visto, nada; aún no estaban alarmados. «¡La consigna es callar! –pensó Aschenbach irritado y tirando los periódicos sobre la mesa–. ¡Hay que silenciar el problema!» Pero, al mismo tiempo, un sentimiento de satisfacción embargó su alma al imaginar la aventura en que iba a verse envuelto su entorno inmediato. Pues la pasión, al igual que el crimen, se aviene mal con el orden establecido y el bienestar de la vida cotidiana, y cualquier dislocación del sistema burgués, cualquier confusión o calamidad que amenace al mundo le resultarán forzosamente gratas, porque conserva una vaga esperanza de sacar provecho de ellas. Aschenbach sentía, pues, un oscuro regocijo por lo que bajo el manto paliatorio de las autoridades estaba sucediendo en las callejas de Venecia, por ese perverso secreto de la ciudad que se fundía con el suyo propio, el más íntimo, y que también a él le interesaba tanto guardar. Pues nada angustiaba más al enamorado que la posibilidad de que Tadzio se marchara, y no sin temor se daba cuenta de que, si esto ocurría, él no sabría ya cómo seguir viviendo.

Por aquellos días ya no le bastaba con encomendar al ritmo de la cotidianidad o del azar las posibilidades de acercarse y contemplar al bello efebo: empezó a perseguirlo, a acosarlo. Los domingos, por ejemplo, la familia polaca nunca aparecía en la playa; él adivinó que iban a oír misa a San Marcos, y un día, dirigiéndose allí a toda prisa, se refugió del sol ardiente de la plaza en la dorada penumbra del santuario, donde divisó, de rodillas sobre un reclinatorio, al objeto de sus nostalgias que asistía al oficio divino. Aschenbach se instaló al fondo, de pie sobre el irregular piso de mosaicos, entre gente que se arrodillaba, murmuraba y se santiguaba, y sintió que la compacta magnificencia del templo oriental gravitaba voluptuosamente sobre sus sentidos. Un sacerdote de vestiduras ricamente adornadas oficiaba, cantando, entre nubes de incienso que velaban las macilentas llamitas de los cirios, y al dulce y penetrante aroma del sacrificio parecía sumarse poco a poco un segundo: el olor de la ciudad enferma. No obstante, a través de los vapores y destellos, Aschenbach pudo ver cómo el adolescente volvía la cabeza, lo buscaba con la mirada y lo reconocía.

Más tarde, cuando la multitud se volcó por los portales abiertos hacia la luminosa plaza, hormigueante de palomas, el ofuscado buscó refugio bajo el pórtico y se ocultó en él, acechante. Vio a los polacos salir de la iglesia; vio a los hermanos despedirse ceremoniosamente de la madre, que se encaminó a la *piazzetta* para dirigirse luego al hotel; comprobó que el hermoso, sus conventuales hermanas y la institutriz echaban a andar hacia la derecha, bajo la torre del Reloj, y enfilaban la Mercería, y, dándoles cierta ventaja, empezó a seguirlos, a perseguirlos furtivamente en su paseo por Venecia. Tenía que detenerse cuando ellos lo hacían, refugiarse en fondas y patios para dejarlos pasar cuando daban media vuelta; los perdía de vista, los buscaba acalorado y exhausto sobre los puentes o en sucios callejones sin salida, y pasaba unos minutos de mortal suplicio si los veía avanzar hacia él en algún pasaje angosto, donde era imposible evitarlos. Sin embargo, no puede decirse que sufriera. Su cabeza y corazón estaban ebrios, y sus pasos seguían las indicaciones del demonio, que se complace en conculcar la dignidad y la razón del ser humano.

En algún punto cogieron luego Tadzio y los suyos una góndola, y Aschenbach, que mientras ellos se embarcaban se había mantenido oculto detrás de un saledizo, hizo lo mismo en cuanto los vio alejarse de la orilla. Con voz presurosa y apagada ordenó al gondolero, bajo la promesa de una suculenta propina, que siguiera discretamente, a cierta distancia, a aquella góndola que acababa de doblar la esquina; y un escalofrío recorrió su espalda cuando el hombre, con la canallesca prontitud de un alcahuete, le aseguró en el mismo tono que sería servido, concienzudamente servido.

Y así, recostado en los blandos cojines negros, se deslizó en pos de la otra embarcación negra y rostrada, a cuya estela lo encadenaba la pasión. A ratos se le perdía, sumiéndolo en la inquietud y el desconsuelo. Pero su guía, hombre aparentemente diestro en tales menesteres, se las ingeniaba para, a fuerza de maniobrar con astucia e ir combinando atajos, poner siempre de nuevo al anhelado objeto ante sus ojos. El aire estaba sereno y cargado de miasmas, y el sol quemaba fuerte a través de la calina que teñía el cielo de un gris pizarroso. El agua cloqueaba al golpetear contra la piedra y la madera. En el silencio del laberinto, el grito del gondolero, advertencia y saludo al mismo tiempo, obtenía a lo lejos una respuesta, producto de algún extraño acuerdo. Umbelas blancas y purpúreas, con olor a almendra, colgaban de unos jardincillos suspendidos sobre los frágiles restos de un muro. Ventanas de marco árabe se reflejaban en las turbias ondas. Los peldaños de mármol de una iglesia se perdían en el agua; sobre ellos, un mendigo acuclillado reafirmaba su miseria tendiendo el sombrero y mostrando el blanco de sus ojos como si fuera ciego. De pie ante su tenducho, un anticuario invitó a entrar al pasante con ademanes rastreros, esperando, sin duda, estafarlo. Ésa era Venecia, la bella equívoca y lisonjera, la ciudad mitad fábula y mitad trampa de forasteros, cuya atmósfera corrupta fue testigo, en otros tiempos, de una lujuriante floración artística, e inspiró a más de un compositor melodías lascivamente arrulladoras. Y el aventurero tuvo la impresión de ir abrevando sus ojos en toda aquella exuberancia, de que esas melodías acariciaban su oído; y al recordar también que la ciudad estaba enferma y lo disimulaba por afán de lucro, miró más desenfrenadamente aún la bamboleante góndola que lo precedía.

Así, víctima de su extravío, no sabía ni quería otra cosa que perseguir sin tregua al objeto de su pasión, soñar con él en su ausencia y, a la manera de los amantes, dirigir palabras tiernas a una simple sombra. La soledad, el país extranjero y la dicha de una embriaguez tardía y profunda lo animaban e inducían a permitirse, sin miedo ni rubor alguno, las mayores extravagancias. Como una noche en que al volver ya tarde de Venecia, no tuvo el menor reparo en detenerse ante la puerta de Tadzio, en el primer piso del hotel, apoyar su frente en ella y permanecer así largo rato, en un estado de embriaguez total, a riesgo de que lo sorprendieran en tan absurda postura.

No faltaban, sin embargo, momentos de respiro, en los que entraba a medias en razón. «¡Dónde me he metido!», pensaba entonces consternado. «¡Dónde me he metido!» Como todo hombre al que sus méritos naturales inspiran un interés aristocrático por su abolengo, tenía la costumbre, cuando la vida le aportaba éxitos en su carrera, de recordar a sus antepasados y asegurarse mentalmente su aprobación, su satisfacción y el respeto que creía merecer de ellos. También allí los tenía presentes, implicado como estaba en tan ilícita aventura, arrastrado por esos delirantes extravíos del sentimiento; sí, pensaba en la extremada austeridad, en la varonil entereza de sus vidas, y sonreía melancólico. ¿Qué hubieran dicho? Aunque en verdad ¿qué hubieran dicho de su vida toda, que se había ido apartando de la de ellos hasta la degeneración; de esa vida ofrendada al arte, de esa vida que él mismo, fiel al espíritu burgués de sus padres, había, en otro tiempo, hecho objeto de sus sarcasmos juveniles, y que en el fondo había sido tan similar a la de ellos? También él había servido, también había sido soldado y hombre de guerra como muchos de ellos; porque el arte era una guerra, una lucha agotadora para la cual los hombres de hoy ya no servían. Una vida basada en el autodominio y en la obstinación, una vida ardua, hecha de perseverancia y abstenciones, transformada por él en símbolo de un heroísmo refinado y tempestivo, bien podía ser calificada de viril y valerosa; y el Eros que se había posesionado de él le empezó a parecer, en cierto modo, particularmente idóneo y afecto a semejante género de vida. ¿No había ese amor gozado de la más alta estima entre pueblos de gran valentía? ¿No se decía incluso que el valor lo había hecho florecer en sus ciudades? Numerosos héroes de la Antigüedad habían soportado, gustosos, su yugo, pues ninguna humillación era tal si la infligía el dios; y acciones que, de haber obedecido a otros fines, hubieran sido censuradas como muestras de cobardía —genuflexiones, juramentos, súplicas fervientes y gestos serviles—, no sólo no le resultaban oprobiosas al amante, sino que hasta le valían elogios.

Así manipulaba el obcecado sus ideas, así intentaba reforzarlas y salvaguardar su dignidad. Pero a la vez prestaba una atención tenaz e indagadora a las cosas turbias que ocurrían en el interior de Venecia, a esa aventura del mundo exterior que confluía oscuramente con la de su corazón y alimentaba su pasión con vagas y anárquicas esperanzas. Empecinado en obtener informaciones nuevas y precisas sobre el estado y los progresos del mal, hojeaba con avidez los periódicos alemanes en todos los cafés de la ciudad, ya que del vestíbulo del hotel habían desaparecido hacía varios días. Alternaban en ellos las afirmaciones y las rectificaciones. El número de casos de enfermedad o de muerte oscilaba entre veinte, cuarenta e incluso cien o más; pero inmediatamente después, si no se desmentían rotundamente los avances de la epidemia, se los reducía a casos totalmente aislados, importados de fuera. A ello se añadían reservas, amonestaciones o protestas contra el peligroso juego de las autoridades italianas. No había manera de sacar nada en claro.

Sin embargo, el solitario se arrogaba un derecho especial a participar en el secreto, y, pese a estar excluido, sentía una extraña satisfacción al dirigir preguntas capciosas a los iniciados y obligarlos así, dada su condición de conjurados del silencio, a mentir deliberadamente. Fue así como una mañana, mientras desayunaba en el comedor grande, pidió explicaciones al menudo administrador de levita francesa que se paseaba discretamente entre los comensales, saludando y vigilando el servicio, y también se detuvo ante la mesita de Aschenbach para charlar un momento. Éste le preguntó, con voz lánguida y como de pasada, por qué razón estaban desinfectando Venecia hacía cierto tiempo.

—Se trata —respondió el ladino personaje— de una simple medida policial destinada a prevenir a tiempo, como es de rigor, todos los trastornos o alteraciones de la salud pública que pudieran derivarse de este clima opresivo y excepcionalmente caluroso.

—Alabada sea la policía —replicó Aschenbach; y, tras un intercambio de impresiones meteorológicas, el administrador se retiró.

Aquel mismo día, ya tarde, después de la cena, sucedió que una pequeña banda de cantantes callejeros, llegados de la ciudad, montó una representación en el jardín de entrada del hotel. Eran dos hombres y dos mujeres que se habían instalado junto al poste de hierro de una de las farolas y, con el rostro lívido por el reflejo de la luz, miraban hacia la terraza, donde los veraneantes, bebiendo cafés y toda suerte de refrescos, se disponían a gozar del popular espectáculo. El personal del hotel, ascensoristas, camareros y recepcionistas, se hallaba a la escucha, apostado en las puertas del salón. La familia rusa, ávida y puntual ante la posibilidad de divertirse, se había hecho bajar sillas de mimbre al jardín para estar más cerca de los comediantes, y allí aguardaba, sentada en semicírculo, con la gratitud reflejada en las caras. Detrás de los amos se veía a la vieja esclava de pie, con la cabeza cubierta por un pañuelo a modo de turbante.

Una mandolina, una guitarra, una armónica y un estridente violín integraban la orquesta de los mendigos virtuosos. Sus números instrumentales alternaban con otros cantados, en los que la más joven de las mujeres unía su voz aguda y chillona a la del tenor, más dulce y de falsete, formando un ardiente *duetto* de amor. Pero el verdadero talento y guía del grupo era, sin lugar a dudas, el otro hombre, el dueño de la guitarra, una especie de barítono bufo casi sin voz, pero muy dotado para la mímica y de una vis cómica extraordinaria. A menudo se separaba de los otros y, con su gran instrumento bajo el brazo, avanzaba gesticulando hacia la rampa, donde las incitantes risas del público recompensaban sus bufonadas. Los rusos sobre todo, desde su parterre, se mostraban fascinados ante una vivacidad tan meridional y, entre gritos y aplausos, lo animaban a lucirse con una seguridad y una osadía cada vez mayores.

Sentado ante la balaustrada, Aschenbach refrescaba de vez en cuando sus labios con una mezcla de zumo de granada y soda, que lanzaba destellos de rubí en el vaso. Sus nervios absorbían con avidez los ásperos sonidos, las vulgares y lánguidas melodías, pues la pasión paraliza el discernimiento y cede, con total seriedad, a incentivos que una mente lúcida aceptaría sólo con humor o bien rechazaría disgustada. Las cabriolas del juglar habían contraído sus rasgos en una sonrisa fija, que ya empezaba a resultarle dolorosa. Pero allí seguía, sentado indolentemente, aunque una extrema atención mantuviera su alma en vilo; pues a seis pasos de él estaba Tadzio recostado en el antepecho de piedra.

De pie, luciendo con esa gracia innata e ineludible el traje blanco que a veces se ponía para cenar, tenía el antebrazo izquierdo apoyado en la balaustrada, los pies cruzados, la mano derecha en la cadera, y miraba a los músicos ambulantes con una expresión que apenas si era sonrisa y revelaba más bien una curiosidad distante, una afable condescendencia. A ratos se erguía, y, ensanchando el pecho, se acomodaba la blusa blanca bajo el cinturón de cuero, moviendo adorablemente ambos brazos. A ratos también —y el senescente observador lo advertía con un aire de triunfo y de temor al mismo tiempo, mientras su razón daba un traspié—, volvía la cabeza con un gesto ora titubeante y circunspecto, ora vivo y repentino, como queriendo sorprender a alguien, y miraba por sobre el hombro izquierdo en dirección al enamorado. Pero sus ojos no encontraban los de éste, pues una denigrante aprensión obligaba al descarriado a refrenar ansiosamente sus miradas. Al fondo de la terraza se habían instalado las mujeres que custodiaban a Tadzio, y las cosas habían llegado a un punto tal que el enamorado temía seriamente llamar su atención y despertar sospechas. Sí, más de una vez le había tocado observar que en la playa, en el salón del hotel o en la plaza San Marcos, llamaban a Tadzio cuando estaba cerca de él y procuraban mantenerlo a distancia; gesto que él interpretaba como una ofensa terrible, ante la cual su orgullo se retorcía envilecido por ignotas torturas, y que su conciencia moral le impedía pasar por alto.

Entretanto, el guitarrista había iniciado un solo acompañándose a sí mismo. Era una canción callejera de varias estrofas, por entonces muy de moda en toda Italia, en cuyo estribillo intervenían los demás acompañantes con voces e instrumentos, y que el actor sabía interpretar con cierta plasticidad y sentido dramático. De complexión frágil, enjuto y amojamado también de rostro, con el viejo sombrero de fieltro caído sobre la nuca, de suerte que un mechón de cabellos rojizos le asomaba bajo el ala, el individuo se había plantado sobre la gravilla con insolente bravura, separado de los otros, y, rasgueando torpemente las cuerdas, lanzaba hacia la terraza el enérgico recitativo de sus bromas, mientras el esfuerzo le hinchaba las venas de la frente. No parecía de origen veneciano, sino más bien de aquella raza de cómicos napolitanos, mitad rufianes, mitad comediantes, brutales y temerarios, peligrosos y entretenidos a un tiempo. La canción, de notoria estupidez en cuanto a la letra, adquiría en su boca, gracias al juego fisionómico, a los movimientos del cuerpo y a su forma de guiñar alusivamente el ojo y relamerse las comisuras de los labios con lubricidad, cierto aire ambiguo y vagamente escandaloso. Del blando cuello de su camisa deportiva, que acompañaba por lo demás a un traje de calle, emergía la magrura de su propio cuello, con la manzana de Adán prominente y pelada. Su cara pálida y de nariz roma, cuyos rasgos lampiños difícilmente permitían adivinar la edad, parecía erosionada por las muecas y el vicio, y las dos arrugas obstinadas, imperiosas y casi feroces que se abrían entre sus cejas rojizas, armonizaban extrañamente con la maliciosa risa de su boca, siempre en movimiento. Sin embargo, lo que más llamaba la atención del solitario era que el equívoco personaje parecía llevar consigo su propia atmósfera de suspicacia. Pues, a cada repetición del estribillo, el cantante emprendía, entre un sinfín de parajismos y gestos de agradecimiento con las manos, una ronda grotesca que lo llevaba hasta el pie del lugar donde se hallaba Aschenbach; y cada vez que esto ocurría, una intensa vaharada de fenol, proveniente de su cuerpo y de sus ropas, subía hasta la terraza.

Terminada la canción, el hombre procedió a hacer su colecta empezando por los rusos, que se mostraron solícitamente generosos, y luego subió la escalinata. Toda la desvergüenza que acababa de manifestar durante su actuación se convirtió allá arriba en humildad. Se deslizaba de mesa en mesa arqueando el lomo como un gato y deshaciéndose en reverencias, al tiempo que una sonrisa de maliciosa sumisión dejaba al descubierto su sólida dentadura, y las dos arrugas se acentuaban, amenazadoras, entre sus rojizas cejas. Con una curiosidad no exenta de aversión seguía el público las evoluciones de aquel ser que mendigaba su sustento, guardándose muy bien, eso sí, de rozar su sombrero cuando le echaban monedas con la punta de los dedos. La abolición de la distancia física entre un comediante y un hombre de bien produce siempre, por grande que haya sido la diversión, cierto embarazo. El individuo lo sentía, e intentaba disculparse acentuando su actitud rastrera. Por último se acercó a Aschenbach, y con él llegó el olor que no parecía inquietar a ninguno de los circunstantes.

—¡Oiga! —dijo el solitario con voz apagada y casi maquinalmente—. Están desinfectando Venecia. ¿Por qué?

El bufón replicó con voz ronca:

—Es una medida policial, caballero. El reglamento lo ordena debido al calor agobiante y al siroco. El siroco es opresivo y dañino para la salud...

Hablaba como asombrado de que le hicieran semejante pregunta, y con la palma de la mano le mostró cómo oprimía el siroco.

—¿De modo que no hay epidemia en Venecia? —preguntó Aschenbach muy quedamente y entre dientes.

Las musculosas facciones del payaso esbozaron una mueca de cómica perplejidad.

—¿Epidemia? ¿A qué epidemia se refiere? ¿Acaso es un mal el siroco? ¿O nuestra policía? Está usted bromeando. ¡Una epidemia! ¡Ésta sí que es buena! Es una medida preventiva, ¿me entiende? Una disposición policial para contrarrestar los efectos de este clima sofocante...

Y empezó a gesticular.

—Está bien —dijo Aschenbach rápidamente y en voz baja, dejando caer en el sombrero una exorbitante propina. Luego, con los ojos indicó al hombre que se marchara. Éste obedeció sonriendo ladinamente y haciendo profundas reverencias. Pero aún no había llegado a la escalera cuando dos empleados del hotel se arrojaron sobre él y, con las caras pegadas a la suya, lo sometieron a un interrogatorio en tono susurrante. El tipo se encogió de hombros, juró y perjuró ostensiblemente haber sido discreto. En cuanto lo soltaron bajó al jardín y, tras un breve conciliábulo con los suyos bajo la farola, avanzó una vez más para ofrecer una canción de agradecimiento y despedida.

Era una canción que el solitario no recordaba haber oído nunca; una copla desfachatada, escrita en un dialecto incomprensible y provista de un estribillo bufo que la banda entera repetía regularmente a voz en cuello. En cierto momento cesaban las palabras y el acompañamiento instrumental, y no se oía sino unas risas emitidas con cierto orden rítmico, pero a la vez muy naturales, a las que el gran talento del solista, sobre todo, sabía infundir una vitalidad alucinante. Restablecida la distancia entre artista y auditorio, el tipo había recuperado toda su desfachatez, y la risa simulada que impúdicamente dirigía a la terraza era una carcajada sardónica. Ya hacia el final de la parte articulada de la estrofa parecía luchar contra un irresistible cosquilleo: se atragantaba, la voz le temblaba, se tapaba la boca con la mano y contraía los hombros hasta que, llegado el momento, la carcajada estallaba en él incontenible, impetuosa y tan natural que se contagiaba a los oyentes, de suerte que también por la terraza iba cundiendo una hilaridad sin objeto, que sólo vivía de sí misma. Pero justamente esto parecía redoblar el desenfreno del cantante, que doblaba las rodillas, se golpeaba los muslos y se cogía las caderas como queriendo vaciarse; ya no reía: chillaba señalando con el dedo hacia lo alto, como si no hubiera nada más divertido que la gente que se desternillaba de risa allá arriba, hasta que al final rompieron todos a reír en el jardín y en la galería, incluidos los camareros, ascensoristas y empleados apostados en las puertas.

Aschenbach estaba más bien intranquilo en su silla; había erguido el torso como dispuesto a defenderse o a huir. Pero las risas, el olor a hospital que subía hasta él y la proximidad del bello adolescente se le fundían en un indestructible y onírico encantamiento, del que su cabeza y sus sentidos no lograban liberarse. En medio del desorden y la agitación generales se atrevió a alzar los ojos hacia Tadzio y pudo observar que el efebo, en respuesta a su mirada, permanecía tan serio como él, exactamente como si adaptara su comportamiento y la expresión de su rostro a las del otro, como si toda la animación que lo rodeaba no tuviera sobre él poder alguno al no ser compartida por el solitario. Esta docilidad infantil, muy significativa, tenía en sí algo tan desarmante y avasallador que el hombre de cabellos grises tuvo que hacer un esfuerzo para no ocultar el rostro entre las manos. Además, había creído advertir que, en Tadzio, el gesto ocasional de enderezarse y respirar se debía a una opresión del pecho, a una necesidad de suspirar. «Es enfermizo, probablemente no llegará a viejo», pensó una vez más con esa objetividad en la que suelen diluirse a ratos la embriaguez y el deseo; y un cariño puro, unido a una licenciosa satisfacción, se apoderaron de su corazón.

En el ínterin, los venecianos habían terminado y emprendieron la retirada, acompañados por una ola de aplausos. Al director no se le olvidó adornar el mutis con más bufonadas. Sus reverencias y besamanos provocaron nuevas risas, motivo por el cual los multiplicó. Cuando el grupo ya estaba fuera, él, retrocediendo, fingió tropezar con el poste de una farola y se deslizó hasta la puerta, curvándose bajo un dolor aparente. Allí, depuesta al fin su máscara de cómico desdichado, se enderezó de un salto, sacó desvergonzadamente la lengua en dirección al público de la terraza y se escabulló en la oscuridad. Los asistentes se dispersaron; Tadzio había abandonado la balaustrada hacía rato. Pero el solitario, con gran asombro de los camareros, se quedó un buen tiempo sentado a su mesita, ante los restos del zumo de granada. La noche avanzaba; el tiempo se escurría. En casa de sus padres, muchos años atrás, habían tenido un reloj de arena: de repente volvió a ver el frágil e importante aparatito como si lo tuviera delante. Silenciosa y fina, la arena de tono herrumbroso se iba deslizando por el estrecho gollete de cristal, y estando la cavidad superior casi vacía, se había formado en ella un pequeño e impetuoso remolino.

Al día siguiente, por la tarde, el empecinado caballero dio un nuevo paso para tentar al mundo exterior y cosechar esta vez el mayor éxito posible. Entró en la agencia de viajes inglesa de la plaza de San Marcos y, después de cambiar algún dinero en la caja, puso cara de extranjero receloso y dirigió al empleado que lo atendía la fatal pregunta. Era un inglés vestido con ropa de lana, joven aún, con raya al medio y ojos muy juntos, del cual emanaba esa reposada honestidad interior que tan extraña y curiosa resulta entre la picaresca alacridad meridional. Empezó diciendo:

—No hay razón para inquietarse, sir. Una medida sin mayor importancia. Este tipo de disposiciones se toman a menudo para prevenir los efectos malsanos del calor y del siroco...

Pero, al levantar sus ojos azules, se encontró con la mirada del forastero, una mirada lasa y algo triste que, no sin cierto desprecio, estaba centrada en sus labios. El inglés se ruborizó y añadió luego en voz baja, ligeramente confuso:

—Ésta es la explicación oficial que aquí creen oportuno mantener. Pero yo le diré que hay más cosas detrás.

Y en su lenguaje displicente y honesto le reveló la verdad.

Hacía ya varios años que el cólera hindú venía mostrando una creciente tendencia a propagarse y pasar de un país a otro. Surgida en las cálidas marismas del delta del Ganges, alimentada por las mefíticas emanaciones de aquel mundo insular, de aquella exuberante e inservible selva virgen que el hombre evita y en cuya espesura de bambúes acecha el tigre, la epidemia había asolado todo el Indostán con una tenacidad y virulencia inusitadas, pasando a China por el este, y a Persia y Afganistán por el oeste, para luego seguir las grandes rutas de las caravanas y llevar sus horrores hasta Astracán e incluso hasta Moscú. Pero mientras Europa temblaba ante la posibilidad de que el fantasma pudiera, desde allí y por vía terrestre, hacer su entrada en el continente, aquél, importado por navíos comerciales sirios, había aparecido casi simultáneamente en varios puertos del Mediterráneo. Primero alzó la cabeza en Tolón y en Málaga, y tras mostrar varias veces su máscara en Palermo y en Nápoles, parecía no querer alejarse ya más de toda Calabria y de Apulia. El norte de la península había permanecido a salvo. Pero a mediados de mayo de aquel año, en Venecia y el mismo día, se habían descubierto los terribles bacilos en los cadáveres desmirriados y ennegrecidos de un batelero y una verdulera. Ambos casos fueron silenciados; pero una semana después eran ya diez, veinte, treinta los brotes, y en barrios diferentes. Un provinciano austríaco que había pasado unos días de vacaciones en Venecia murió con síntomas inequívocos al volver a su pueblecito natal, y fue así como los primeros rumores sobre la contaminación de la ciudad de las lagunas llegaron a los rotativos alemanes. La respuesta de las autoridades venecianas fue que las condiciones sanitarias de la ciudad nunca habían sido mejores, y adoptó las medidas más urgentes para combatir el mal. Pero probablemente ciertos alimentos como las verduras, la carne o la leche estaban ya contaminados, pues, negada o encubierta, la mortandad iba causando estragos en la estrechez de las callejas, y el calor prematuro y estival que entibiaba el agua de los canales favorecía particularmente la propagación del mal. Sí, parecía como si la virulencia de la peste hubiera recrudecido, como si la obstinación y la fecundidad de sus agentes se hubieran redoblado. Los casos de curación eran raros; el ochenta por ciento de los aquejados sucumbía a una muerte espantosa, pues el mal, que había alcanzado cotas violentísimas, se presentaba a menudo bajo su forma más peligrosa, el llamado cólera «seco». En esos casos, el cuerpo era incapaz de evacuar el líquido segregado en abundancia por los vasos sanguíneos. El enfermo se consumía en pocas horas y, entre convulsiones y estertores, moría ahogado por su propia sangre, que acababa adquiriendo la consistencia de la pez. Podía considerarse afortunado si, como a veces ocurría, la enfermedad se iniciaba con un ligero malestar seguido por un profundo desvanecimiento, del cual ya no volvía a despertar o despertaba apenas. Desde principios de junio se fueron llenando silenciosamente los pabellones aislados del Ospedale Civico; el espacio empezó a faltar en los dos orfelinatos, y pronto se inició un tráfico atroz y continuo entre el muelle de las Fondamenta Nuove y San Michele, la isla del cementerio. Pero el temor de causar perjuicio a la comunidad, el hecho de que poco antes se hubiera inaugurado una exposición pictórica en los jardines públicos, así como las ingentes pérdidas que, en caso de pánico o de descrédito, amenazaban a los hoteles, tiendas y a toda la compleja maquinaria del turismo, demostraron ser, en la ciudad, más fuertes que el amor a la verdad y el respeto a los convenios internacionales, e indujeron a las autoridades a mantener obstinadamente su política de encubrimiento y desmentidas. El director del servicio de sanidad de Venecia, un hombre de grandes méritos, había dimitido de su cargo, indignado, y fue sustituido bajo mano por una personalidad más acomodaticia. El pueblo lo sabía; y la corrupción de la cúspide, unida a la inseguridad imperante y al estado de excepción en que la ronda de la muerte iba sumiendo a la ciudad, produjo cierto relajamiento moral entre las clases bajas, una reactivación de instintos oscuros y antisociales que se tradujeron en intemperancia, deshonestidad y un aumento de la delincuencia. Contra lo acostumbrado, de noche se veía un número apreciable de borrachos, y, según decían, una gentuza de la peor especie sembraba la inseguridad en las calles; los atracos, e incluso los homicidios, estaban a la orden del día, pues ya en dos ocasiones se había podido comprobar que supuestas víctimas de la epidemia habían sido, en realidad, envenenadas por sus propios familiares; y el libertinaje profesional iba asumiendo formas impertinentes y perversas, normalmente desconocidas en esas latitudes y arraigadas sólo en el sur del país o en Oriente.

El inglés le contó lo esencial de todas estas cosas.

—Haría usted bien en marcharse —concluyó—, y mejor hoy que mañana. La cuarentena tardará a lo sumo unos días en ser declarada.

—Muchísimas gracias —dijo Aschenbach y abandonó la agencia.

Un bochorno sin sol se cernía sobre la plaza. Sentados en las terrazas o bien de pie frente a la iglesia, totalmente cubiertos de palomas, unos cuantos extranjeros no informados observaban el pulular de las aves que, aleteando y empujándose unas a otras, picoteaban los granos de maíz ofrecidos en el cuenco de más de una mano. Presa de febril excitación, con el aire triunfal de quien posee la verdad y, a la vez, con un resabio de disgusto en la lengua y un terror delirante en el corazón, el solitario recorría de un extremo a otro el fastuoso enlosado de la plaza, sopesando alguna acción decente y purificadora. Esa misma noche, después de cenar, podría acercarse por ejemplo a la dama del collar de perlas y repetirle literalmente lo que acababa de esbozar: «Madame, permita usted que este desconocido le dé un consejo, permítale servirla con una advertencia que el egoísmo general le niega. Parta usted inmediatamente con Tadzio y sus hijas: Venecia está apestada».

Luego podría, en señal de despedida, posar la mano sobre la cabeza de ese joven instrumento de alguna divinidad burlona, dar media vuelta y huir él también de aquella ciénaga. Pero al mismo tiempo se sabía infinitamente lejos de querer dar ese paso en serio, un paso que lo haría retroceder, que lo devolvería a sí mismo. Pues quien está fuera de sí nada aborrece tanto como volver a sí mismo. Recordó un edificio blanco, ornado de inscripciones que brillaban a la luz del poniente, y en cuyo translúcido misticismo se había extraviado la mirada de su espíritu; recordó al extraño personaje con aire de trotamundos que despertara en él, hombre ya senescente, un juvenil deseo de irse lejos, de partir a la aventura; y la idea de volver a casa, al ámbito de la prudencia y el discernimiento, de la fatiga y el esfuerzo que aspira a la maestría, le repugnaba en un grado tal que un rictus de malestar físico contrajo su rostro. «¡Hay que callar! –murmuró con vehemencia–. ¡Y callaré!» La conciencia de compartir un secreto y una culpa lo embriagaba como un simple trago de vino embriaga un cerebro cansado. La imagen de la ciudad asolada e indefensa flotaba confusamente en su espíritu y encendía en él esperanzas inconcebibles, de monstruosa dulzura, que iban más allá de la razón. Comparada con esas expectativas, ¿qué significaba para él la amable felicidad con la que acababa de soñar por un instante? ¿Qué podían importarle ahora el arte y la virtud frente a las ventajas del caos? Calló, pues, y se quedó.

Aquella noche tuvo un sueño terrible, si se puede llamar sueño a una aventura del cuerpo y del espíritu que le ocurrió estando él profundamente dormido, es cierto, en un marco de total autonomía y presencia sensorial, pero sin que se viera a sí mismo presente o moviéndose en el espacio, al margen de los acontecimientos; pues éstos tenían más bien por escenario su propia alma, y, al irrumpir desde fuera, fueron derribando violentamente su resistencia —una resistencia surgida de las profundidades de su espíritu— y dejaron tras de sí, asolado y deshecho, el edificio entero de su existencia y la cultura de su vida.

Comenzó sintiendo miedo, miedo y deseo y una atroz curiosidad por lo que pudiera venir. Era de noche, y sus sentidos estaban a la escucha; pues de muy lejos se acercaba un estruendo, un estrépito, una confusión de ruidos: traqueteos, estridencias y retumbar de truenos apagados, chillidos de júbilo y una especie de clamor que prolongaba el sonido «u», todo ello entremezclado y dominado, con siniestra dulzura, por el son arrullador, inicuo y persistente de una flauta, cuyos ecos impúdicos parecían hechizar las entrañas. Él sabía una palabra oscura, pero que designaba la inminente aparición: «El dios extranjero». A la luz de un resplandor confuso divisó entonces un paisaje montañoso similar al que rodeaba su casa veraniega. Y entre jirones de luz, desde cimas boscosas, vio precipitarse cuesta abajo, remolineando entre troncos de árboles y peñascos rotos cubiertos de musgo, un tropel de seres humanos y animales, un torbellino, una turba frenética que iba inundando la ladera con cuerpos y llamaradas confundidos en un delirante vértigo de rondas. Tropezando con sus vestimentas de pelleja que, excesivamente largas, pendían de un cinturón, grupos de mujeres agitaban panderos sobre sus acezantes cabezas, echadas hacia atrás; blandían antorchas chisporroteantes y puñales desenvainados; llevaban serpientes de agudas lenguas asidas por la mitad del cuerpo, o bien, ululando, portaban sus senos en ambas manos. Vio hombres velludos, con taparrabos de piel de fiera y cuernos en la frente, doblar la nuca y agitar brazos y piernas al son de broncíneos címbalos y del furioso redoblar de unos timbales, mientras imberbes efebos aguijaban machos cabríos con varas hojosas, aferrándose a sus cuernos con gritos de júbilo y dejándose arrastrar cuando saltaban. Y los poseídos lanzaban al aire su grito hecho de consonantes blandas y una «u» final prolongada, dulce y salvaje al mismo tiempo, un grito jamás oído antes, que resonaba en algún punto como el bramido del ciervo y era repetido en otro, con triunfal frenesí, por cientos de voces que incitaban a la danza y a agitar los miembros, sin dejar que enmudeciera nunca. Pero el sonido de la flauta, seductor y profundo, lo penetraba y dominaba todo. ¿No lo incitaba también a él, renuente espectador de la escena, a participar en la impúdica fiesta, en la desmesura de aquel supremo sacrificio? Grande era su repugnancia, grande también su miedo, y sincera su voluntad de proteger, hasta el final, lo suyo contra lo de fuera, contra el enemigo del espíritu digno y sereno. Pero el estruendo y los aullidos, que el eco de las paredes de roca multiplicaba, no cesaban de aumentar, de dominarlo todo, de dilatarse más y más en su arrebatador delirio. Los vapores, el acre hedor de los machos cabríos, el efluvio de esos cuerpos jadeantes y una bufarada como de aguas pútridas a la que se sumaba otra, también familiar, a llagas y a enfermedad acechante, le oprimían los sentidos. En su corazón retumbaban los redobles del timbal, el cerebro le daba vueltas, y, presa de la furia, la ceguera y una voluptuosidad embriagadora, su alma ansió integrarse al corro del dios. El obsceno símbolo de madera, gigantesco, fue desvelado e izado, y todos aullaron desenfrenadamente el conjuro mágico. Echando espuma por los labios se excitaban unos a otros con gestos lascivos y manos lúbricas, entre risas y gemidos, hundiéndose las varas espinosas en la carne y lamiéndose la sangre que corría por sus miembros. Pero el durmiente ya estaba con ellos y dentro de ellos, poseído también por el dios extranjero. Sí, ellos eran en realidad él mismo cuando se abalanzaban sobre los animales matando y desgarrando, cuando devoraban trozos de carne humeante, y cuando sobre un suelo revuelto y musgoso iniciaron, como ofrenda al dios, una cópula promiscua e infinita. Y su alma conoció la lujuria y el vértigo de la aniquilación.

De este sueño se despertó enervado, deshecho, enteramente a merced del demonio. Ya no temía la mirada inquisitiva de la gente ni le importaba exponerse a sus sospechas. Ellos, además, empezaban a irse, a huir; muchas de las casetas habían quedado vacías, los sitios libres aumentaban de día en día en el comedor y era muy raro encontrarse con un extranjero en la ciudad. La verdad parecía haberse filtrado y, pese a la tenaz confabulación de los interesados, era imposible seguir conteniendo el pánico. No obstante, ya fuera porque los rumores no hubiesen llegado a sus oídos, o porque un exceso de orgullo e intrepidez le impidiera ceder ante ellos, la dama del collar de perlas seguía allí con los suyos. Tadzio se había quedado; y Aschenbach, en su delirio, se imaginaba a ratos que la huida y la muerte acabarían alejando a toda esa molesta vida que lo rodeaba, y que podría quedarse solo en la isla con el hermoso adolescente. Sí, cuando por la mañana, en la playa, su mirada se posaba inmóvil, grave e irresponsable sobre el objeto de sus deseos, o cuando, al atardecer, lo perseguía indignamente por callejas donde proliferaba una mortandad encubierta y repulsiva, la infamia más monstruosa le parecía llena de promesas y encontraba caduca la ley moral.

Como todo enamorado, deseaba gustar, y la idea de que esto pudiera ser imposible lo angustiaba muchísimo. Empezó a añadir a sus trajes algún que otro detalle rejuvenecedor, a ponerse alhajas y a perfumarse; para hacer su *toilette* necesitaba un rato largo varias veces al día, y se sentaba a la mesa acicalado, excitado y tenso. A la vista de la juvenil tersura que lo había embelesado, su cuerpo senescente le daba asco; la visión de sus cabellos grises y los perfilados rasgos de su rostro lo sumía en la vergüenza y la desesperanza. Y así, deseoso de remozarse, de recuperarse físicamente, se convirtió en cliente asiduo del peluquero del hotel.

Envuelto en un peinador, reclinado en el sillón bajo las solícitas manos del hablantín, contemplaba, atormentado, su imagen especular.

—Canoso —dijo torciendo la boca.

—Un poquito —replicó el otro—. Por culpa de una pequeña negligencia, de una indiferencia ante las cosas externas muy comprensible en personas importantes, pero que no podemos aprobar sin condiciones, tanto menos cuanto que justamente los prejuicios acerca de lo que pueda ser natural o artificial se avienen bastante mal con este tipo de personas. Si la reacia austeridad de cierta gente con respecto al arte de la cosmética se extendiera, como sería lógico, al cuidado de los dientes, ¡menudo escándalo el que se armaría! Pues, en definitiva, tenemos la edad que nuestro espíritu y nuestro corazón nos dictan, y las canas suponen, según los casos, un infundio más real que el que supondría el tan desdeñado tinte corrector. En cuanto a usted, caballero, tiene todo el derecho a recuperar el color natural de su pelo. ¿Me permite, pues, devolverle simplemente lo que es suyo?

—¿Cómo así? —preguntó Aschenbach.

El locuaz personaje le lavó entonces la cabeza con dos lociones diferentes, una clara y otra oscura, y el cabello le volvió a quedar negro como en sus años mozos. Luego se lo onduló en suaves capas con las tenacillas de rizar, retrocedió un paso y contempló su obra.

—Y ahora —dijo— sólo falta refrescar un poquitín la tez.

Y como esa gente que jamás puede acabar ni darse por satisfecha con lo que hace, pasó de una tarea a la otra con siempre creciente animación. Cómodamente arrellanado, incapaz de ofrecer resistencia y más bien esperanzado por lo que estaba ocurriendo, Aschenbach pudo ver en el espejo que sus cejas se arqueaban siguiendo una línea más armónica y precisa, que los ojos se le alargaban y su brillo era realzado por una ligera sombra en los párpados, y, más abajo, donde la piel tenía cierto tono parduzco, apergaminado, vio despertar un carmín tierno, discretamente aplicado, mientras sus labios, exangües un minuto antes, se hinchaban adquiriendo un tinte frambuesa, y los surcos de las mejillas y la boca, así como las arrugas de los ojos, desaparecían bajo una capa de cremas y afeites: vio, y el corazón le dio un vuelco, a un joven floreciente. El cosmetólogo se dio al fin por satisfecho agradeciendo con rastrera obsequiosidad, como suele hacer ese tipo de gente, al que acababa de servir.

—Un retoque insignificante —dijo dando una última mano al aliño de Aschenbach—. Y ahora, el caballero puede enamorarse sin ningún temor.

El iluso se marchó feliz, turbado y temeroso. Llevaba una corbata roja, y una cinta de varios colores adornaba su sombrero de anchas alas.

Se había levantado un tibio viento de tormenta. La lluvia era rala y escasa, pero el aire, húmedo, estaba cargado de emanaciones mefíticas. Se oía toda suerte de chasquidos, silbidos y crujidos, y Aschenbach, febril bajo su capa de maquillaje, creyó percibir el maligno aleteo de los espíritus del viento haciendo de las suyas en el espacio, las funestas aves marinas que revuelven, picotean y profanan con sus deyecciones la comida del condenado. Pues el bochorno quitaba las ganas de comer, y la idea de que los alimentos estaban contaminados por gérmenes infecciosos no se apartaba de la mente.

Una tarde, siguiendo las huellas del hermoso, se perdió en el dédalo interior de la ciudad enferma. Incapaz de orientarse, pues las callejuelas, canales, puentes y plazuelas de aquel laberinto se parecían demasiado entre sí, incapaz de determinar siquiera los puntos cardinales, sólo cuidaba de no perder de vista la figura que tan ansiosamente perseguía; y viéndose obligado a tomar ignominiosas precauciones, como era avanzar pegado a las paredes u ocultarse detrás de los transeúntes, tardó mucho en advertir la fatiga, el agotamiento que su deseo y la tensión continua habían provocado en su cuerpo y en su espíritu. Tadzio caminaba detrás de los suyos, cediendo normalmente el paso a la institutriz y a sus monjiles hermanas en las calles más estrechas; y así, al quedarse a ratos solo, volvía de vez en cuando la cabeza por encima del hombro para asegurarse, con una mirada de sus extraños ojos grises, de que su enamorado lo seguía. Lo veía y no lo delataba. Embriagado por esta constatación, impelido hacia delante por aquellos ojos, arrastrado como un pelele por la pasión, el enamorado persiguió furtivamente su indecorosa esperanza hasta que al final se vio privado de su visión. Los polacos acababan de cruzar un puente pequeño, pero de arco muy pronunciado, cuya altura los ocultó a las miradas del perseguidor, de suerte que cuando éste llegó arriba ya no pudo divisarlos. Los buscó en tres direcciones: al frente y a ambos lados de la estrecha y sucia callejuela, pero en vano. El agotamiento y la debilidad le obligaron finalmente a abandonar la búsqueda.

La cabeza le ardía, un sudor viscoso cubría su cuerpo, la nuca le temblaba y una sed intolerable lo atenazaba, impulsándolo a buscar alrededor algún alivio momentáneo. En una pequeña verdulería compró algo de fruta, unas fresas excesivamente maduras y ya blandas que fue comiendo mientras caminaba. Una plazuela abandonada, que parecía surgir de un hechizo, se abrió de pronto ante él. La reconoció: era la misma donde, semanas antes, concibiera su desesperado plan de fuga. Se dejó caer sobre los peldaños de la cisterna, en medio de la plaza, y apoyó la cabeza en el brocal de piedra. El silencio era total; entre el adoquinado crecía la hierba; alrededor se veían restos de basura. En el círculo de casas que lo rodeaban, de altura desigual y corroídas por la intemperie, había una que parecía un palacio, con ventanas de ojiva tras las cuales habitaba el vacío y balconcitos ornados de leones. En la planta baja de otra de las casas había una farmacia. De rato en rato, ráfagas de viento cálido traían olor a fenol.

Y allí, sentado, estaba el maestro, el artista que accediera a la dignidad, el autor de *Un miserable*, que, en forma tan ejemplarmente pura, había abjurado de la bohemia y las profundidades turbias, denegado su simpatía al abismo y abominado de lo abominable; el escritor encumbrado que, superando su propio saber y emancipándose de toda ironía, se había habituado a los compromisos impuestos por la confianza de las masas; el artista de fama oficial, cuyo nombre había sido ennoblecido y cuyo estilo servía de modelo a los adolescentes: allí estaba sentado, entornando los párpados, y sólo a ratos permitía que por debajo de ellos se escurriera, para volver a ocultarla a toda prisa, una mirada burlona y confusa, y sus flácidos labios, realzados por el maquillaje, modulaban palabras sueltas, extraídas de la extraña lógica del sueño que su cerebro adormecido producía.

«Porque la Belleza, Fedro, tenlo muy presente, sólo la Belleza es a la vez visible y divina, y por ello es también el camino de lo sensible, es, mi pequeño Fedro, el camino del artista hacia el espíritu. Pero ¿crees acaso, querido mío, que algún día pueda obtener la sabiduría y verdadera dignidad humana aquel que se dirija hacia lo espiritual a través de los sentidos? ¿O crees más bien (te dejo la libertad de decidirlo) que es éste un camino peligroso y agradable al mismo tiempo, una auténtica vía de pecado y perdición que necesariamente lleva al descarrío? Porque has de saber que nosotros, los poetas, no podemos recorrer el camino hacia la Belleza sin que Eros se nos una y se erija en nuestro guía; sí, por más que a nuestro modo seamos héroes y guerreros virtuosos, en el fondo somos como las mujeres, pues lo que nos enaltece es la pasión, y nuestro deseo será siempre, forzosamente, amor: tal es nuestra satisfacción y nuestro oprobio. ¿Comprendes ahora por qué nosotros, los poetas, no podemos ser sabios ni dignos? ¿Comprendes por qué tenemos que extraviarnos necesariamente, y ser siempre disolutos, aventureros del sentimiento? La maestría de nuestro estilo es mentira e insensatez; nuestra gloria y honorabilidad, una farsa; la confianza de la multitud en nosotros, el colmo del ridículo, y el deseo de educar al pueblo y a la juventud a través del arte, una empresa temeraria que habría que prohibir. Pues ¿cómo podría ser educador alguien que posee una tendencia innata, natural e irreversible hacia el abismo? Quisiéramos negarlo y conquistar la dignidad, pero dondequiera que volvamos la mirada, nos sigue atrayendo. De ahí que renunciemos al conocimiento; pues el conocimiento, Fedro, carece de dignidad y de rigor: sabe, comprende, perdona, no tiene forma ni postura algunas, simpatiza con el abismo, *es* el abismo. Por eso lo rechazamos, pues, con decisión, y nuestros esfuerzos tendrán en adelante como único objetivo la Belleza, es decir, la sencillez, la grandeza, un nuevo rigor, una segunda ingenuidad, y la forma. Pero la forma y la ingenuidad, Fedro, conducen a la embriaguez y al deseo, pueden inducir a un hombre noble a cometer las peores atrocidades en el ámbito sentimental –atrocidades que su propia seriedad, siempre hermosa, condena por infames–; llevan, también ellas, al abismo. A nosotros los poetas, digo, nos arrastran hacia él, dado que no podemos enaltecernos, sino solamente entregarnos al vicio. Y ahora, Fedro, he de marcharme. Tú quédate aquí, y sólo cuando ya no me veas, márchate también.»

Unos días más tarde, Gustav von Aschenbach, que se sentía indispuesto, abandonó el Hotel de los Baños más tarde que de costumbre. Tenía que luchar contra una serie de vértigos que sólo en parte eran de origen físico y se presentaban acompañados por una creciente sensación de angustia, de absurdo irremediable y sin salida, que él mismo no sabía bien si referir al mundo exterior o a su propia existencia. En el vestíbulo vio un alto de maletas listas para ser despachadas, y al preguntar a un portero quiénes eran los que partían, obtuvo como respuesta el aristocrático apellido polaco que, en secreto, esperaba oír. Lo escuchó sin que sus decaídas facciones se alterasen, alzando ligeramente la cabeza como cuando, en forma ocasional, uno se entera de algo que no tiene por qué saber, y luego preguntó:

—¿Cuándo?

—Después de comer —le respondieron.

Hizo un gesto de agradecimiento con la cabeza y salió.

La playa ofrecía un aspecto nada acogedor. Un furtivo temblor agitaba a ratos la ancha y lisa franja de agua que separaba la orilla del primer banco de arena. Cierto halo otoñal, como de supervivencia, parecía planear sobre aquel lugar de esparcimiento, tan animado días antes y entonces casi abandonado, cuya arena ya nadie limpiaba. Una cámara fotográfica, aparentemente sin dueño, descansaba sobre su trípode al borde del mar, cubierta por un paño negro que el viento, ahora más fresco, hacía restallar de rato en rato.

Tadzio, con los tres o cuatro compañeros que le quedaban, estaba jugando a la derecha, frente a la caseta de su familia, mientras Aschenbach, a medio camino entre el mar y la hilera de casetas, con una manta sobre las rodillas, lo seguía una vez más con la mirada. El juego, ahora no vigilado porque las mujeres debían de estar preparando la partida, parecía no tener reglas y pronto degeneró. Enfadado y medio ciego por un puñado de arena que había recibido en plena cara, Jaschu, el robusto muchacho del traje de lino con cinturón y cabellera negra y engominada, obligó a Tadzio a un combate que terminó rápidamente con la caída del hermoso efebo, el más débil de los dos. Pero como si la voluntad de servir del inferior se hubiera trocado, a la hora de la despedida, en una cruel brutalidad que intentaba vengarse por tan prolongada esclavitud, el vencedor no soltó inmediatamente al vencido, sino que, arrodillándose sobre su espalda, le oprimió tanto tiempo la cara contra la arena que Tadzio, casi sin aliento ya por la lucha, corrió el riesgo de asfixiarse. Los convulsivos esfuerzos con que intentaba quitarse aquel peso de encima —y que a ratos cesaban completamente— acabaron convirtiéndose en espasmos débiles. Aterrado, Aschenbach se disponía a acudir en su ayuda, cuando el violento soltó finalmente a su presa. Muy pálido, Tadzio se incorporó a medias y permaneció unos minutos sentado, apoyándose en un brazo, inmóvil, con el cabello revuelto y los ojos sombríos. Luego se puso en pie y se alejó lentamente. Los otros lo llamaron, con voz alegre primero, angustiada y suplicante después, pero él no los oyó. El moreno, presa sin duda de un súbito remordimiento por sus desmanes, le dio alcance e intentó apaciguarlo, pero fue rechazado con un movimiento de hombros. Tadzio se dirigió entonces en diagonal hacia el mar. Iba descalzo y llevaba su traje de baño a rayas con el lazo rojo.

Se detuvo al borde del agua y, mirando al suelo, con la punta del pie empezó a dibujar figuras sobre la arena húmeda. Luego se adentró en el bajío del mar, que en su punto más profundo no le bañaba ni las rodillas, lo atravesó y siguió avanzando perezosamente hasta el banco de arena. Allí permaneció de pie un instante, el rostro vuelto hacia la lejanía, para después continuar a la izquierda, recorriendo a paso lento la estrecha y larga lengua de tierra que las aguas habían dejado al descubierto. Separado de la orilla por un brazo de mar, separado de sus compañeros por un capricho orgulloso, siguió caminando a lo lejos, rodeado de mar y viento, ondeante la rizosa cabellera, como una aparición aislada y desligada de todo, flotando ante la bruma gris del infinito. Una vez más se detuvo a mirar. Y de pronto, como obedeciendo a un recuerdo, a un impulso, apoyada una mano en la cadera, giró grácilmente el torso y miró hacia la orilla por encima del hombro. Allí estaba el contemplador, sentado, como esa primera vez en que, devuelta desde aquel umbral, la mirada gris crepuscular se cruzara con la suya. Su cabeza, reclinada contra el respaldo de la tumbona, había seguido paso a paso las evoluciones del que avanzaba a lo lejos; y en ese momento se irguió, como respondiendo a la mirada, para caer nuevamente sobre el pecho de modo que los ojos aún pudieron ver desde abajo, mientras su rostro adquiría esa expresión relajada y de hondo ensimismamiento de quien está sumido en un profundo sueño. Tuvo, no obstante, la impresión de que el pálido y adorable psicagogo le sonreía a lo lejos, de que le hacía señas; como si, separando su mano de la cadera, le señalase un camino y lo empezara a guiar, etéreo, hacia una inmensidad cargada de promesas. Y, como tantas otras veces, se dispuso a seguirlo.

Pasaron varios minutos antes de que acudieran en su ayuda: se había derrumbado sobre el brazo de la tumbona. Lo llevaron a su habitación, y, aquel mismo día, un mundo respetuosamente conmovido recibió la noticia de su muerte.

MARIO Y EL MAGO

De Torre di Venere guardo el recuerdo de una atmósfera desagradable. Había en el ambiente, ya de buen comienzo, irritación, tensión y enojo, y para colmo, se produjo, más tarde, el choque con el terrible Cipolla, nefasto personaje, de impresionante aspecto, en el que parecía tomar cuerpo y concentrarse, amenazadora, toda la malignidad del entorno. El desenlace fue espantoso (posteriormente nos pareció predeterminado por la naturaleza misma de las cosas), y por añadidura, quiso la fatalidad que hasta los niños lo presenciaran. En suma, una lamentable situación, extraña ya de por sí, y que se debía a un malentendido suscitado por las falaces promesas de aquel hombre (en tantos otros aspectos notable). Por suerte no entendieron los niños dónde era que acababa el espectáculo y dónde comenzaba la catástrofe, y se les permitió forjarse la bella ilusión de que todo había sido, simplemente, teatro.

Torre está situada a unos quince kilómetros de Porto Clemente, uno de los lugares de moda del Tirreno. Elegantemente mundano, invadido de forasteros varios meses al año, Porto Clemente ofrece al visitante una arteria principal, con variopintos hoteles y comercios, y del lado del mar, una dilatada playa con un sinfín de toldos y de castillos de arena empavesados, una bronceada muchedumbre y una ruidosa empresa de atracciones. Y como la playa, orillada de pinares y a no mucha distancia dominada por una serie de montañas, conserva, a todo lo largo, su fina arena y su generosa amplitud, nada tiene de raro que no tardara en establecerse, algo más lejos, una colonia veraniega más discreta: esto es, Torre di Venere (del origen de cuyo nombre se había perdido ya todo rastro hacía tiempo). Retoño del gran balneario vecino, fue unos años, para algunos selectos, lugar idílico y refugio para quienes rehúyen lo contaminado. Y sin embargo, como suele acontecer, pronto la tranquilidad abandonó Torre di Venere y se desplazó un poco más lejos, a Marina Petriera, o quién sabe adónde. La gente, ya se sabe, busca la paz y, una vez la ha encontrado, la expulsa, precipitándose sobre ella con ridícula pasión, y hasta llega a imaginarse que no ha desertado aún del lugar donde ha instalado ya su ruidosa feria.

No otra es la razón de que Torre di Venere, aun cuando más tranquila y menos pretenciosa que Porto Clemente, sea muy frecuentada por italianos y forasteros. Ya la gente acude menos a Porto Clemente, el gran balneario de prestigio universal, si bien sigue siendo difícil encontrar en éste plazas hoteleras: acude a Torre, que queda más distinguido, y resulta, además, más barato, atractivos que sigue ejerciendo el lugar pese a su posterior deterioro. Torre se ha convertido en un Grand Hôtel. Han surgido numerosas pensiones, baratas o pretenciosas, y los propietarios y los arrendadores de las casas de veraneo y de los jardines con pinares junto al mar han olvidado ya el tranquilo disfrute de la playa. En los meses de julio y agosto, nada distingue ya su imagen de la de Porto Clemente. Por todas partes, niños, en traje de baño, que chillan, parlotean y se pelean bajo un ardiente sol que les quema los pelos de la nuca, y sobre el esplendoroso mar azul se balancean unos botes de chillones colores, manejados por otros chiquillos, en tanto las madres, intranquilas, los buscan con inquieta mirada y llenan el aire con sus tonantes nombres. Mientras, entre los cuerpos de las personas tendidas en la arena, transitan los vendedores de ostras, de flores, de corales y de *cornetti al burro*, voceando su mercancía con el timbre lleno y franco del sur.

Así vimos Torre a nuestra llegada: bastante hermoso, aunque pensamos que lo hacíamos demasiado temprano. Era a mitad de agosto, cuando la temporada en Italia estaba en todo su esplendor, y no era aquél el momento más propicio para el extranjero dispuesto a saborear todo el encanto del lugar. ¡Qué gentío, por las tardes, en los jardines de los cafés del paseo! Así, por ejemplo, en el Esquisito, donde a veces íbamos, y donde nos servía Mario, el mismo Mario del que luego hablaré. Apenas hay una mesa libre, y las bandas de música, sin querer la una saber de la otra, confunden a diario sus melodías. Y además, por las tardes, acuden de Porto Clemente, diariamente, considerables refuerzos, pues, como es natural, Torre di Venere es la meta predilecta de la turbulenta sociedad de aquel emporio de placeres. Consecuentemente, el incesante tránsito de Fiats recubre de una densa polvareda blanca laureles y adelfas al borde de la carretera: notable espectáculo, a la vez que repelente. En resumen, septiembre quizá sea el mes más indicado para acudir a Torre di Venere, ya desalojado el balneario del gran público, o bien mayo, antes de que el mar alcance la cota de calor que decide a los meridionales a zambullirse en él. Pero ni siquiera antes ni después de la temporada aparece Torre di Venere del todo abandonada: resulta, sin embargo, más apacible y no tan «nacional». Al amparo de los toldos y en los comedores de las pensiones predominan el inglés, el alemán y el francés; en cambio, en el mes de agosto, el forastero encontrará los hoteles —al menos el Grand Hôtel, donde habíamos reservado nuestras habitaciones, a falta de otras señas más particulares— invadidos por la mejor sociedad florentina y romana, hasta el punto de sentirse aislado, y de pensar, en determinados momentos, que no es sino un huésped de segunda categoría.

Ésta fue nuestra experiencia la misma noche que llegamos, cuando bajamos al comedor y el *maître* nos señaló una mesa. Nada había que decir de la mesa, pero nos atraía la vista de la terraza vecina, cuyas vidrieras daban sobre el mar. La animación era idéntica a la de la sala, aunque no estaba tan llena, y en las mesitas brillaban unas lamparitas con pantalla roja. Los niños se sintieron atraídos por aquellas luces, y simplemente, les dijimos a los camareros que nos gustaría comer en la terraza. Al parecer, nuestra demanda revelaba nuestra ignorancia, ya que se nos informó con algo forzada cortesía que aquel rincón íntimo estaba reservado a «nuestra clientela», *«ai nostri clienti»*. ¿A nuestros clientes? Y ¿qué éramos nosotros? Ni éramos transeúntes, ni ocasionales residentes por una noche, sino huéspedes fijos, por espacio de tres o cuatro semanas. No insistimos en aclarar la diferencia existente entre nosotros y aquella clientela usufructuaria del privilegio de comer a la luz de las lamparitas rojas, así que acabamos tomando el *pranzo* en la mesa de la sala, bajo una iluminación ordinaria y común: una cena más bien mediocre, sin personalidad alguna y escasamente sabrosa, tal como corresponde a la más vulgar normativa hotelera. A diez pasos de la playa, encontramos mucho mejor la cocina de la Pensión Eleonora.

Allí nos mudamos, pues, tres o cuatro días más tarde, en lugar de decidir quedarnos en el Grand Hôtel, y no fue la principal razón que nos movió a hacerlo la terraza y sus lamparitas, pues los niños se hicieron pronto amigos de camareros y botones, y hechizados por el placer marino, no tardaron en olvidar el poder seductor de aquellas luces.

Y sin embargo, del roce con algunos clientes de la veranda, o mejor dicho, con la dirección del hotel, que se deshacía por complacerlos, derivó pronto un grave conflicto que puso ya una sombra en nuestra estancia.

Entre los clientes del hotel figuraban miembros de la nobleza romana, un príncipe X y familia, y como la habitación de tales señores estaba cerca de la nuestra, la princesa, gran dama y apasionada madre, se alarmó de las reliquias de una tos ferina que hacía poco habían superado nuestros niños, y de la que sólo débiles ecos interrumpían de vez en cuando el sueño de nuestro pequeño, generalmente a prueba de bomba. La naturaleza íntima de esta enfermedad no es del todo conocida, y ello permite que nazcan en torno de ella diversas supersticiones. Por tanto, no nos resentimos nunca con nuestra elegante vecina por el hecho de que se adhiriera a la difusa creencia de que la tos ferina se contrae por vía acústica, y por el consiguiente temor del mal ejemplo que pudiera constituir para sus pequeños. Femeninamente movida por la consciencia de su propia valía, reclamó cerca de la dirección, y ésta, en la persona del conocido *manager* en levita, se apresuró a comunicarnos, con gran pesar por su parte, que en aquellas circunstancias se hacía inevitable nuestro traslado al anexo del hotel. De nada sirvieron nuestras protestas: que la enfermedad infantil se hallaba en su última fase, que podía ya darse por superada y que no representaba ningún peligro para el entorno. Todo cuanto obtuvimos fue que se nos permitiera exponer el caso ante la autoridad médica, y que sería al doctor del establecimiento, sólo a él exclusivamente y a ningún otro que nosotros pudiéramos escoger, a quien correspondería dar el definitivo dictamen. Aceptamos este acuerdo, seguros de tranquilizar así a la princesa, y ahorrándonos nosotros al mismo tiempo las molestias de una mudanza.

Llegó el doctor, y se manifestó como un ecuánime y leal servidor de la ciencia: una vez visitado el pequeño, consideró terminada la enfermedad y excluido cualquier peligro. Creíamos con ello autorizados a dar por cerrado el incidente, cuando se presentó el administrador para decirnos que, pese al dictamen médico, debía insistir en que desalojáramos las habitaciones y pasáramos al anexo del hotel.

Este bizantinismo nos indignó. Era inverosímil que la pérfida obstinación con que tropezábamos la originara la princesa. El servil hotelero ni siquiera se había atrevido a transmitirle el parte médico. Sea como fuere, le aclaramos que preferíamos dejar definitiva e inmediatamente el hotel y preparamos las maletas.

Lo podíamos hacer de ligero porque, mientras, nos habíamos ocasionalmente relacionado con la Pensión Eleonora, una casa cuyo aspecto íntimo y tranquilo atrajo enseguida nuestra atención, y con cuya propietaria, la señora Angiolieri, habíamos ganado una simpática aliada.

La señora Angiolieri, una graciosa dama de ojos negros, de rasgos toscanos, ya en la treintena, con la carnación de marfil opaco de las meridionales, y su marido, un hombre pulcro en el vestir, silencioso y calvo, poseían en Florencia un gran hotel, y sólo en verano y al principiar el otoño regentaban ambos la filial de Torre di Venere. Ahora bien, antes de casarse, nuestra nueva patrona había sido dama de compañía, doncella, y hasta amiga, de la Duse: tiempos aquellos que consideraba, sin duda, como los más notables y dichosos de su vida, y de los que, ya desde nuestra primera visita, comenzó a hablarnos con delectación. Numerosas fotos de la famosa actriz, con afectuosas dedicatorias, amén de otros recuerdos de su vida en común, adornaban mesas y anaqueles del saloncito de la señora Angiolieri. Y aun cuando fuera palmario del todo que el culto de su interesante pasado propendía en cierta manera a acrecentar el atractivo de su actual negocio, no dejábamos de escuchar con placer e interés, mientras nos iba mostrando la casa, el relato que, en toscano sonoro y *staccato*, nos hacía sobre la paciente bondad, sobre el gran corazón y sobre la honda ternura de su difunta señora.

Allí mandamos trasladar nuestro equipaje, con cierto pesar por parte del personal del Grand Hôtel, muy amante de los niños, según es uso en Italia. El apartamento que se nos asignó era agradable y recogido; cómodo el acceso a la playa, gracias a un sendero de jóvenes plátanos que desembocaba en el paseo marítimo; fresco y bonito el comedor, en el que diariamente servía la sopa la señora Angiolieri en persona; atento y complaciente el servicio, y excelente el condumio. Hasta encontramos ahí a unos amigos nuestros de Viena con quienes conversar, después de la cena, delante de la casa, y que nos permitieron ampliar el círculo de nuestras relaciones. Todo parecía ir viento en popa: estábamos contentos del cambio, nada faltaba para una feliz estancia.

Y no obstante, muy a pesar nuestro, no acabábamos de estar a gusto. Quizá persistía en nuestra mente, a pesar de todo, el absurdo motivo de nuestra mudanza... Por lo que a mí toca, confieso que me resulta difícil tomar a la ligera tales roces con la humanidad común, con el zafio abuso de poder, con la injusticia y con la servil corrupción. Esto me preocupó demasiado tiempo, sumiéndome en un estado de reflexiva irritación, cuya esterilidad cabía atribuir a la excesiva naturaleza y espontaneidad de tales fenómenos. Con todo, no experimentábamos ninguna hostilidad hacia el Grand Hôtel. Los niños conservaban en él sus primeras amistades, el conserje les arreglaba los juguetes y de vez en cuando tomábamos el té en el jardín del establecimiento, no sin que surgiera a veces la princesa, que, con los labios de un rojo coral, hacía acto de presencia con paso firme y gracioso y miraba en torno para localizar a sus hijos, confiados a una gobernanta inglesa; sin advertir, al hacerlo, nuestra inquietante vecindad, porque le estaba rigurosamente prohibido a nuestro crío, apenas apareciera la señora, carraspear siquiera.

¿Habrá que insistir en que hacía un excesivo calor? Era, realmente, africano: el terror del sol, apenas nos alejábamos de la fresca franja color índigo, era inexorable, hasta el punto de que recorrer la corta distancia entre la playa y la mesa del almuerzo, aun cuando fuera en pijama, constituía una auténtica hazaña.

¿Os gusta esto? ¿Vais a pasarlo bien estas semanas? Es el sur, desde luego: el tiempo clásico, el clima de la cultura humana en su florecimiento, el sol de Homero, etcétera, etcétera. Por lo que a mí se refiere, no puedo evitar, transcurrido algún tiempo, encontrar estúpido este clima. La resplandeciente vacuidad del cielo, día tras día, logra pronto aburrirme; ciertamente, la vivacidad de los colores, la vertiginosa elementalidad y compactibilidad de la luz, despiertan sentimientos de alegría, inspiran tranquilidad, segura independencia respecto al variable humor del tiempo y a sus asechanzas. Y sin embargo, sin que al principio nos demos cuenta, deja desoladoramente insatisfechos los deseos profundos, menos elementales, del alma nórdica, y a la larga, produce una especie de menosprecio. Tienen ustedes razón: sin la estúpida historia de la tos ferina no habría experimentado tales sensaciones. Estaba como irritado, quizá quería probarlo, y así, casi inconscientemente, eché mano de aquel motivo, tan próximo, que si bien no las producía, sí las legitimaba y reforzaba. Pero tengan en cuenta, en este punto, nuestra mala voluntad... Por lo que respecta al mar, la mañana sobre la blanda arena, frente a su eterno esplendor, no permitía objeción alguna: nosotros, sin embargo, contra toda experiencia, ni aun en la playa nos sentíamos bien, felices.

Demasiado temprano, demasiado temprano. Como ya he dicho, la playa se hallaba todavía en manos de la clase media indígena: un tipo humano, también aquí tienen ustedes razón, evidentemente agradable. Entre los jóvenes había mucha sana gracia, muy hermosas criaturas, pero también nos veíamos ahí circundados sin remedio de mediocridad humana y de tontería burguesa, que, admitámoslo, no por haber nacido bajo aquel cielo resulta más atractiva que la otra nacida bajo el nuestro.

¡Qué voces las de esas mujeres! Cuesta a veces creer que está uno en la patria occidental del *bel canto*. «*Fuggièro...!*» Conservo todavía en el oído este grito, por haberlo oído resonar centenares de veces, veinte mañanas, muy cerca de mí, proferido con una especie de desesperación hecha mecánica, a voz en cuello y con horrible acento, con una «e» abierta y estridente. *«Fuggièro! Rispondi almèno!»:* y el grupo «sp» pronunciado, según el uso popular, como «xp», a la alemana... Otro motivo más de contrariedad, cuando ya no estaba de muy buen humor. La llamada iba dirigida a un horrible muchacho con los hombros llagados por el sol, y que en materia de desobediencia, estupidez y maldad superaba todo lo imaginable, y tan gallina, además, que era capaz de movilizar toda la playa con sus inaguantables lamentaciones.

Un día, por ejemplo, cuando estaba en el agua, le pinchó un cangrejo en el dedo gordo del pie: el gemido de dolor, digno de un héroe antiguo, que lanzó por tan nimia causa, nos llegó hasta los tuétanos, produciéndonos la impresión de que había ocurrido una gran desgracia. Naturalmente, Fuggièro creía haber recibido la más venenosa herida. Alcanzada a gatas la orilla, comenzó a revolcarse sobre la arena, presa, al parecer, de indecibles sufrimientos: *«Ohi!»* y *«Ohimè!»,* gritaba, al tiempo que, agitando brazos y piernas, rechazaba las trágicas conjuraciones de la madre y las recomendaciones de los presentes. La escena atrajo una multitud de espectadores. Se requirió la presencia de un médico, el mismo que con tal ecuanimidad se declarara sobre nuestra tos ferina, y una vez más demostró su honestidad científica. Con muy buenas palabras aseguró que no era nada, y recomendó a la víctima que volviera al agua para refrescar la minúscula herida. Pero Fuggièro, como si de un ahogado o de un accidentado grave se tratara, fue trasladado de la playa en improvisada camilla, con nutrido cortejo detrás, y a la mañana siguiente, simulando hacerlo como al desgaire, se dedicó de nuevo a destruir los castillos de arena de los otros niños. En una palabra, una auténtica calamidad.

Por lo demás, este chico de doce años constituía uno de los elementos de un estado de ánimo que, indefiniblemente difuso en el ambiente, tendía a transformar tan agradable estancia en algo distinto y poco recomendable. Por decirlo de algún modo, carecía la atmósfera de inocencia, de simplicidad. El público estaba como al acecho, y al principio no llegaba a comprenderse por qué y para qué: ostentaba dignidad, manifestaba gravedad y compostura, ya en su propio medio, ya respecto a los extranjeros, y estaba siempre alerta sobre un innato sentimiento del propio honor. ¿Por qué era así? Pronto comprendimos que se trataba de política, que estaba en juego la idea de nación. Y en efecto, pululaban en la playa los niños patrioteros, fenómeno deprimente y nada natural.

Los niños constituyen una especie humana, una sociedad por sí, esto es, una nación particular; aun cuando su exiguo léxico pertenezca a diversas lenguas, coinciden fácil y necesariamente sobre la base de una forma común de vida. No tardaron los nuestros en jugar con los del lugar, así como con los de otro origen. Pero, claro está, hubieron de sufrir misteriosas desilusiones. Surgieron piques, manifestaciones de vanidad aparentemente demasiado espinosas y doctrinales para merecer del todo tal nombre, mil banderías, controversias sobre autoridad y jerarquía, y los adultos intervenían no tanto para apaciguar como para emitir sentencia y salvaguardar principios. Hubo ocasión de escuchar discursos sobre la grandeza y sobre la dignidad de Italia, discursos perturbadores, nada pacíficos. Vimos a nuestros dos pequeños retroceder perplejos y sorprendidos, y no nos fue nada fácil explicarles, de algún modo, aquel estado de cosas: tratábase de gente, les dijimos, que atravesaba una especie de enfermedad no muy agradable, pero sí necesaria...

Fue culpa nuestra, atribuible a nuestra propia negligencia, el que se suscitara un conflicto –un conflicto más– con una situación por nosotros ya registrada y valorada: se hizo evidente entonces que las circunstancias precedentes no fueron obra del azar. En una palabra: atentamos contra la moralidad pública.

Nuestra pequeña, de ocho años, aunque a descontar un año mirando a su desarrollo, y tan delgada como un gorrión, que tras una larga zambullida, debido al calor reinante, había reanudado sus juegos playeros con el bañador mojado, consiguió el permiso de volver al agua para quitarle la arena y ponérselo de nuevo sin que volviera a ensuciarse. Desnuda corrió hacia el agua, a pocos pasos de distancia, sacudió el bañador y regresó. ¿Quién hubiera podido prever la ola de burlas, de censuras, de discusiones, que su gesto, y el nuestro por consiguiente, provocó? No pretendo darles una conferencia, pero lo cierto es que el comportamiento hacia el cuerpo y su desnudez ha cambiado radicalmente en todo el mundo en estos últimos decenios, alterando significativamente nuestra sensibilidad. Hay cosas que no producen ya malos pensamientos, y entre ellas figuraba la libertad que habíamos concedido a aquel cuerpo infantil en absoluto provocativo. Y sin embargo, en aquel lugar se apreció como una provocación. Los infantiles patrioteros pusieron el grito en el cielo. Fuggièro silbó con los dedos. Las conversaciones celebradas entre nuestros vecinos adultos fueron encrespándose, y poco de bueno prometían. Un caballero con traje de ciudad, el bombín sobre la nuca (cubrecabezas muy poco playero), garantizó a su indignada cohorte femenina que iba a emprender una acción punitiva: se plantó delante de nosotros y se embarcó en una filípica en la que todo el patetismo del sensual mediodía se ponía incondicionalmente al servicio de una pacata moral. La ofensa al pudor de la que nos habíamos hecho culpables –dijo–, era tanto más condenable en cuanto que equivalía a un ingrato, ofensivo abuso de la hospitalidad italiana. No sólo habíamos contravenido criminosamente la letra y el espíritu de las disposiciones de orden público sobre baños, sino también el honor de su país y, por la tutela de este honor, él, el caballero de frac, habría procurado que nuestra ofensa a la dignidad nacional no quedara impune.

Nos esforzamos por atender aquel sermón con reflexivos movimientos de cabeza. Contradecir a aquel sobreexcitado caballero hubiera sin duda significado ir de error en error. Teníamos tantas cosas que añadir: así, por ejemplo, la observación de que no todas las circunstancias apoyaban el empleo de la palabra *hospitalidad* en su acepción más pura, y para ahorrar eufemismos, éramos mucho menos huéspedes de Italia que de la señora Angiolieri, quien ya hacía varios años había cambiado la profesión de confidente de la Duse por la de hotelera. Teníamos asimismo deseos de replicar alegando nuestra ignorancia de que la moral hubiera sufrido tal en aquel hermoso país, hasta el punto de que pudiera resultar concebible y necesaria aquella reacción de gazmoñería y de exagerada sensibilidad. Nos limitamos a asegurar que en absoluto pretendíamos suscitar, adrede, la más leve provocación y falta de respeto, recurriendo, como excusa, a la tierna edad y a la insignificancia física de la pequeña delincuente. Todo inútil: ningún crédito recibieron nuestras alegaciones, nuestra defensa se estimó nula, manteniéndose la necesidad de imponer un castigo ejemplar.

Fueron informadas del hecho las autoridades, por teléfono, según creo; apareció en la playa el representante de las mismas, que, considerado el caso como grave, nos invitó a seguirle hasta la *piazza*, hasta el Municipio, donde un funcionario de superior graduación confirmó el juicio provisional de su antecesor como *molto grave*, y tras explayarse en didascálicas consideraciones sobre nuestra conducta, como las vertidas anteriormente por el caballero del hongo, nos impuso una multa de cincuenta liras. Consideramos esta contribución al presupuesto del Gobierno italiano como el precio de la aventura: pagamos y nos fuimos. ¿No hubiera sido mejor partir?

¡Ojalá lo hubiéramos hecho! De este modo habríamos evitado al funesto Cipolla: pero diversos factores coadyuvaron a alejar la tentación de marcharnos. «Lo que nos retiene en las situaciones desagradables —como dijo un poeta— es la pereza», y el *aperçu* podría explicar nuestra obstinación. Además, después de similar incidente a nadie le gusta dejar enseguida el campo libre: cuesta admitir que ha llegado a hacerse imposible, sobre todo cuando ciertas manifestaciones exteriores de simpatía alimentan nuestro orgullo. En Villa Eleonora se pronunciaron unánimemente contra lo injusto de nuestra suerte. Conocidos italianos con los que conversábamos en la sobremesa opinaron que lo sucedido no favorecía la imagen de su país, y declararon el propósito de ir a pedirle explicaciones, como compatriotas, al hombre del bombín. Pero éste, al día siguiente, había desaparecido de la playa, juntamente con todo su grupo: no a causa de nosotros, naturalmente, sino porque probablemente el saber inminente su partida habría estimulado su dinamismo. En todo caso, nos confortó su marcha.

Para decirlo todo: nos quedamos también porque aquella estancia había cobrado para nosotros el atractivo de lo singular, y porque tal circunstancia posee ya un valor de por sí, independientemente del agrado o desagrado. ¿Hay que plegar las velas y rehuir una experiencia, si ésta no parece destinada a producir tranquilidad y confianza? ¿Hay que «partir» si la vida se muestra algo inquietante, no del todo segura, o un tanto penosa y mortificante? No, mejor es quedarse, hacerle frente y exponerse a todo ello: quizás así aprendamos algo nuevo. Nos quedamos, por tanto, y como horrenda recompensa por nuestra firmeza se nos dio la impresionante y funesta figuración de Cipolla.

No he dicho aún que, casi en el mismo momento de sufrir los rigores del Estado, comenzaba el fin de temporada. Aquel caballero del bombín, nuestro denunciante, no fue el único que abandonó entonces la playa: muchos eran los que se iban, y podían verse muchos carritos, cargados de maletas, dirigiéndose hacia la estación. La playa se hizo menos «nacional», y la vida en Torre, en los cafés, por los pinares, más íntima a la vez que más europea; entonces, al fin, habríamos podido tomar las comidas en la terraza del Grand Hôtel, pero no nos preocupábamos ya por ello, pues nos encontrábamos muy a gusto a la mesa de la señora Angiolieri (es decir, con aquel especial bienestar que comunicaba el espíritu del lugar).

Ahora bien, junto con este benéfico cambio, mudó también el tiempo, ajustándose con gran exactitud a las previsiones del calendario de vacaciones del gran público. El cielo se nubló, sin que, por esto, refrescara la temperatura: el tórrido calor que desde los dieciocho días de nuestra llegada (y desde mucho tiempo antes) imperaba, cedió a un sofocante y preñado siroco, al tiempo que una llovizna mojaba, de vez en cuando, el aterciopelado escenario de nuestras mañanas. Y por añadidura: habían transcurrido ya dos tercios del tiempo previsto por nosotros para pasarlo en Torre; el mar, blando y desvaído, sobre cuya lisa superficie flotaban indolentes medusas, constituía siempre una novedad; hubiera sido necio reclamar el retorno de un sol que, cuando dominaba orgulloso, tantos suspiros había provocado.

Fue entonces cuando Cipolla se anunció. Cavaliere Cipolla: como se le designaba en los carteles que un día aparecieron colocados por todas partes, hasta en el comedor de la Pensión Eleonora. Un virtuoso ambulante, un artista de la diversión, *«forzatore, illusionista e prestidigitatore»* (así se autotitulaba), quien tendría el honor de presentar al eximio público de Torre di Venere algunos fenómenos extraordinarios de misteriosa y desconcertante naturaleza.

¡Un mago! El anuncio fue suficiente para trastornar a nuestros pequeños. Nunca habían asistido a un espectáculo semejante y las vacaciones iban a brindarles aquella emoción desconocida. Desde aquel momento no dejaron de atormentarnos, suplicándonos les compráramos entradas para la velada del prestidigitator, y si bien nos diera que pensar al comienzo la hora tardía del espectáculo, las nueve, acabamos por ceder, considerando que, después de algunas exhibiciones de las artes más bien modestas de Cipolla, volveríamos a casa, y que, además, los niños podrían dormir hasta muy tarde a la mañana siguiente. Así que compramos cuatro entradas a la propia señora Angiolieri, que tenía en comisión varias de preferencia para sus huéspedes. Ella misma no podía garantizarnos la seriedad y talento de aquel hombre, y nosotros tampoco esperábamos gran cosa, pero sentíamos una cierta necesidad de distracción y nos contagió, asimismo, la impaciente curiosidad de los niños.

El local donde iba a actuar el Cavaliere era una sala que durante el pleno de la temporada había servido para la proyección de películas que semanalmente se renovaban. No habíamos estado nunca en él. Llegamos allí siguiendo, por delante del Palazzo (restos, por demás en venta, de un castillo de la época feudal), la calle principal del lugar, a lo largo de la cual se encontraban la farmacia, el peluquero, las tiendas más indispensables, y que conducía, por así decirlo, del feudalismo, a través de la burguesía, al pueblo, puesto que acababa entre miserables casuchas de pescadores, donde unas ancianas remendaban redes ante las puertas. Allí, en medio del pueblo, estaba la «sala»: tan sólo una barraca de madera, amplia desde luego, cuyo acceso, parecido a una puerta, se hallaba adornado a ambos lados por multicolores carteles, pegados unos encima de otros. Así pues, el día fijado, concluida la cena, nos encaminamos por la oscuridad, con los niños vestidos para una fiesta, felices de tanta novedad. Hacía bochorno, como ya desde hacía días, relampagueaba a ratos y lloviznaba. Caminábamos bajo los paraguas. Tratábase de un paseo de un cuarto de hora.

Una vez nos fueron recogidas las entradas, debíamos buscar por nuestra cuenta la localidad. Nuestros asientos se encontraban en la tercera fila a la izquierda, y mientras nos sentábamos advertimos que no había que tomar muy en serio la hora del espectáculo, ya en sí preocupante: sólo poco a poco un público que parecía indiferente al hecho de llegar con retraso comenzó a ocupar la platea, a lo que se reducía el espacio para los espectadores, ya que no existían palcos. Tanta demora nos preocupó un poco. Los niños tenían ya las mejillas coloradas por el cansancio y la febril espera. Sólo las localidades de a pie, al fondo y en los pasillos laterales, estaban al completo a nuestra llegada. Con los brazos semidesnudos cruzados sobre el pecho con maillots a rayas, estaba allí todo el público masculino autóctono de Torre di Venere (pescadores, muchachos de mirada insolente), y si a nosotros no nos molestaba la presencia del pueblo local, que sólo confiere a estas manifestaciones color y humor, a los niños les entusiasmó.

Tenían amigos entre aquella gente, conocidos en los paseos de la tarde por la distante playa. A menudo, a la hora en que el sol, fatigado de su ímproba labor, se sumergía en el mar tiñendo de rojizo oro la espuma de las rompientes, tropezábamos, al regresar, con grupos de pescadores, desnudas las piernas, que en fila, tirando inclinados hacia adelante, con cadenciosos gritos, recogían su casi siempre escaso botín de *frutti di mare* en chorreantes cestas. Los niños se paraban a mirarlos, y con su poco de italiano, les ayudaban a tirar de la cuerda, trabando así amistad con ellos. Ahora entrecruzaban saludos con los del «gallinero»: allí estaba Guiscardo, allí Antonio. Se sabían los nombres y los llamaban a media voz, haciéndoles señas, y a modo de respuesta recibían un gesto de la cabeza, una sonrisa que dejaba entrever una sana dentadura. «Mira: allí está Mario, el del Esquisito, el del chocolate. También ha venido a ver al mago, y hará un rato, pues está casi en la primera fila. Aunque sea camarero, siempre hace igual, ni nos ve, ni nos presta atención. Mejor hacerle señas al del alquiler de las hamacas de la playa: está ahí también, al fondo de la sala.»

Ya eran las nueve y cuarto, ya casi las nueve y media. Comprenderá el lector cuál sería nuestro nerviosismo. ¿A qué hora irían a acostarse los niños? Un error haberlos llevado, pues querer estropearles la fiesta una vez comenzada era inimaginable. Mientras se había ido llenando la platea y podía asegurarse que todo Torre estaba allí: los clientes del Grand Hôtel, los de Villa Eleonora, los de las demás pensiones, todos rostros conocidos de la playa. Se oía inglés y alemán y ese francés que suelen hablar rumanos e italianos para entenderse. La propia señora Angiolieri, dos filas detrás de nosotros, estaba sentada junto a su silencioso y calvo marido, entretenido en rizarse el bigote con los dedos intermedios de la mano derecha. Todos habían llegado un poquito tarde, pero no demasiado: Cipolla se hacía esperar.

Se hacía esperar: justa expresión. Con su retraso aumentaba la tensión del ambiente. Era táctica admitida, pero tenía sus límites. Hacia las nueve y media comenzó el público a palmotear, una forma amable de expresar una legítima impaciencia, ya que revela también el deseo de aplaudir. Participar en ello era parte, para los pequeños, de la diversión. A todos los niños les gusta dar palmadas. Desde el «gallinero» gritaron con fuerza: *«Pronti!»*, *«Cominciamo!»*. Y como suele suceder, he aquí que el inicio, por más impedimentos que al principio pudieran existir, se hizo más fácil. Al sonar el gong, respondieron desde los pasillos con un *«Ah!»* de satisfacción, y se corrieron las cortinas.

Al hacerlo, quedó al descubierto una especie de plataforma que más se parecía a un aula escolar que al escenario de un prestidigitador, y la causa era un encerado negro, montado sobre un caballete, situado a la izquierda y en primer plano. Había también una vulgarísima percha de color amarillo, unas cuantas sillas de anea, y más hacia el foro, un velador con una jarra de agua y un vaso encima, además de una curiosa bandeja, un frasco de pajizo contenido y una copita para licores. Dos segundos para contemplar aquellos diversos accesorios, y tras ello, sin que se apagaran las luces de la sala, hizo su aparición el Cavaliere Cipolla.

Entró con aquel especial paso rápido que a la vez que denota una cumplida deferencia frente al público, provoca asimismo la ilusión en éste de que el recién llegado acaba de recorrer una gran distancia para mostrarse ante él, siendo así que apenas hacía un instante se hallaba en realidad todavía entre bastidores. El atavío de Cipolla corroboraba la ficción del sobrevenido de fuera. De una edad difícil de determinar, desde luego ya nada joven, de rostro afilado y ajado, ojos saltones, boca rugosa y cerrada, bigotes diminutos y fijados con negro tinte, y una «mosca» entre labio inferior y barbilla, se revestía de un complicado conjunto como para noche de gala. Llevaba una ancha capa negra, sin mangas, con cuello de terciopelo y esclavina forrada de raso, y que sujetaba por delante con sus manos enguantadas de blanco, sin que pudiera mover, así, los brazos, amén de una bufanda blanca en torno al cuello y una ladeada chistera tapándole la mitad de la frente. Quizás en Italia, más que en otros países, permanece aún vivo el siglo XVIII, y con él, el personaje del charlatán, del titiritero de feria, tan característico de aquella época, y sólo en Italia cabe encontrarlo aún en buen estado de conservación. En su conjunto, Cipolla conservaba no poco de aquella tradición, y la impresión de bufonería fantástica y llamativa inherente a aquellos tipos la producía la forma en que se ataviaba con tan pretencioso atuendo, con apreturas y pliegues innecesarios, adherencias superfluas. En su figura toda había algo que no era normal, no se sabía si era por delante o por detrás (más tarde, algo se pudo aclarar). Debo, sin embargo, declarar que ni en su actitud, ni en sus expresiones, ni en su porte, había nada que lo relacionara con lo lúdico ni con lo bufonesco: al revés, emanaba de él una rígida gravedad, el rechazo de toda comicidad, un orgullo que se mudaba a veces en un malhumorado fruncimiento, y también una cierta dignidad y complacencia, propias del hombre con alguna invalidez. No pudo impedir ello, sin embargo, que su presencia provocara risas en muchos puntos de la sala.

Al principio, tal pose nada tuvo de obsequiosa: la rapidez con que Cipolla había entrado se reveló como una pura manifestación de energía, exenta de todo rasgo de servilismo. De pie, al borde del escenario, se despojó de sus guantes poco a poco, hasta dejar al descubierto unas manos largas y amarillentas, una de las cuales se adornaba con un anillo con sello de lapislázuli, y dejó errar sus ojos, severos y pequeños, grávidos de blandas bolsas, sobre la sala entera, sin ninguna prisa, deteniéndolos en uno u otro rostro, la boca contraída, sin pronunciar palabra. Entretanto, había ido metiendo un guante en el otro y sin darle la mayor importancia, aunque sí con asombrosa habilidad, los tiró sobre el velador, justo dentro del vaso de agua, desde una considerable distancia. Después, sin decir palabra y sin dejar de observar en torno de él, sacó de uno de sus bolsillos interiores un paquete de cigarrillos, de los más baratos de la Tabacalera, como pudo advertirse por la cajetilla; extrajo un pitillo con la punta de los dedos y lo encendió, sin mirar, con un mechero de gasolina que funcionó inmediatamente. Con gesto arrogante, retirando ambos labios y agitando nerviosamente un pie, echó fuera el humo profundamente aspirado, que pareció escapar como un chorro gris entre sus dientes afilados y cariados.

El público lo observaba con la misma penetración con que se sentía examinado por él. Entre los jóvenes en pie se advertían entrecejos fruncidos y miradas penetrantes, en busca de un punto débil en aquel individuo tan seguro de sí. No apareció ninguno. El sacar y guardar de nuevo el paquete de cigarrillos y el encendedor resultó una trabajosa operación por culpa del atuendo; para ello, tuvo que echar hacia atrás su capa y se vio que del antebrazo izquierdo le colgaba, chapuceramente, de una tira de cuero, un látigo de montar con mango de plata en forma de garra. Se advirtió, asimismo, que no vestía frac sino levita, y al levantar ésta, dejó ver una faja multicolor, medio tapada por el chaleco, que llevaba en el pecho, y que los espectadores sentados detrás de nosotros, cambiando impresiones en voz baja, reconocieron como distintivo de los *cavalieri*. Para mí, es cuestión dudosa, pues no he oído nunca que el título de *cavaliere* tuviera que ver con parecido distintivo. Quizá la faja era simple y pura charlatanería, como lo de permanecer en pie delante del público fumando, sin hablar, con aire indolente y altivo.

Hubo risas, como ya he dicho, y la hilaridad casi se generalizó cuando una voz del pasillo dijo, alta y seca: «*Buona sera!*».

Cipolla puso atento oído.

—¿Quién ha sido? —preguntó con cierta agresividad—. ¿Quién acaba de hablar? ¿A ver? ¿Primero tan arrogante y ahora tan tímido? *Paura*, ¿eh? —dijo esto con voz bastante alta, un poco asmática, pero metálica.

Suspense.

—He sido yo —dijo, en medio del silencio, el joven que se veía así desafiado y lesionado en el honor: un guapo muchacho, que estaba muy cerca de nosotros, con una camisa de algodón y la chaqueta colgada de un hombro. Sus cabellos, negros y rizados, los tenía largos y en desorden, conforme era moda en la patria resurgida, y este peinado lo desfiguraba un poco, dándole cierto aire de africano—. *Be...* He sido yo. Hubiera tenido que ser usted, pero he querido sorprenderlo, salirle al encuentro.

La hilaridad se renovó. El muchacho no tenía pelos en la lengua.

—*Ha sciolto lo scilinguagnolo* —oímos comentar a nuestro lado. La lección popular era, después de todo, oportuna.

—¡Ah, bravo! —replicó Cipolla—. Me gustas, *giovanotto*. ¿Querrás creerme si te digo que enseguida te he visto? Personas como tú cuentan de antemano con mi particular simpatía; puedo servirme de ellas. Se ve que eres todo un pícaro. Haces lo que te viene en gana. ¿Alguna vez has dejado de hacer tu capricho? ¿Acaso hiciste lo que no querías? Escucha, amigo, debería ser cómodo y divertido no hacer siempre de pícaro, no tener que responder de las dos cosas, del querer y del hacer. Deberías por una vez incorporarte a la división del trabajo, *sistema americano, sai*. ¿Querrás, por ejemplo, enseñar tu lengua a este escogido y respetable público, y quiero decir toda la lengua, hasta la raíz?

—¡No! —respondió el muchacho, muy enfadado—. No quiero. Demostraría poca educación.

—No demostraría nada en absoluto —replicó Cipolla—, pues sólo lo harías. A mucha honra tu educación, pero, para mí que antes de que haya yo contado tres, te volverás hacia la derecha y enseñarás la lengua al público, una lengua mucho más larga de lo que tú nunca te hubieras podido imaginar.

Lo miraba, mientras sus ojos penetrantes parecían hundirse un poco más en sus órbitas. «¡Uno!», dijo, e hizo chascar una vez en el aire, seco, el látigo, que había dejado deslizarse del brazo. El muchacho se encaró con el público y sacó fuera la lengua: tanta, y con tanto esfuerzo, que resultó evidente que era lo máximo que podía ofrecer en cuanto a longitud de lengua. Luego, con cara inexpresiva, volvió a su posición anterior.

—«He sido yo» —parodió Cipolla, guiñando el ojo y señalando con la cabeza al joven—. «*Be*, he sido yo.» —Y con esto, abandonando al público a sus impresiones, se volvió hacia el velador, se sirvió una copa del frasco (que debía de contener coñac) y la apuró con destreza.

Los niños rieron de todo corazón. Del diálogo no habían entendido casi nada, pero que entre aquel pintoresco hombre en escena y una persona del público hubiera ocurrido algo tan divertido, les había encantado, y como no tenían una idea precisa del programa de una velada como la prometida, no les costó esfuerzo hallar delicioso el inicio. En cuanto a nosotros, intercambiamos una mirada, y recuerdo que con los labios, espontáneamente, remedé el chasquido con que Cipolla agitó en el aire su látigo. Por lo demás, era claro que la gente no sabía qué pensar de la apertura, tan descabellada, del espectáculo de un prestidigitador, y no acababa de entender lo que habría podido inducir de repente al *giovanotto*, tutelar, por así decirlo, de sus intereses, a mostrarse tan insolente con ella. Encontraron su conducta pueril, sin preocuparse más de él, y dirigieron su atención hacia el artista que, volviendo de la mesita de los refuerzos, siguió discurseando así:

—Señoras y caballeros —dijo con su voz asmática y metálica—, me habéis visto, hace un momento, un poco afectado por la lección que he creído tener que darle a *questo linguista di belle speranze*. —Risas por el juego de palabras—. Soy hombre de cierto amor propio, ¡ténganlo bien presente! No me gusta poco ni mucho consentir que se me den las buenas noches si no es con seria y cortés intención; para hacerlo con otra intención, no veo que haya motivo. Dándome las buenas noches, se las da uno a sí mismo, pues el público sólo pasará una buena noche si yo la tengo buena, y por tal razón, ese tenorio de Torre di Venere —no dejaba Cipolla en paz al muchacho— ha hecho muy bien al darnos inmediatamente una prueba evidente de que hoy tengo, en efecto, una buena noche, así que puedo renunciar a sus votos. Me envanezco de tener casi siempre una buena noche. Puede ocurrirme, de vez en cuando, tenerla menos buena, pero no es lo corriente. Mi profesión es difícil y no gozo de muy buena salud; debo lamentar, en efecto, una pequeña deficiencia física que no me permitió participar en la guerra para la grandeza de la patria. Sólo con las fuerzas de mi alma y de mi espíritu domino la vida, lo que en el fondo significa dominarse a sí mismo. Me halaga extraordinariamente, por otra parte, el haber suscitado el respetable interés del público culto por mi labor. Los principales periódicos han sabido apreciar este trabajo: el *Corriere della Sera* me ha calificado, con toda justicia, de fenómeno, y en Roma tuve el honor de ver entre mis espectadores, en una de mis veladas ahí, al hermano del Duce. Si en lugares tan brillantes y eminentes han sido indulgentes con ciertos pequeños hábitos míos, no me parecía oportuno renunciar a ellos al presentarme en un lugar relativamente menos importante como lo es Torre di Venere. —Risas a costa de la pobre y pequeña Torre—. Así como tampoco creo tolerable me lo quieran denegar ciertas personas al parecer viciadas por los favores del sexo débil.

Una vez más tuvo que pagar el pato el muchacho, a quien Cipolla no se cansaba de presentar en el papel de *«donnaiolo»* y de «gallo de aldea», en tanto que la tenaz animosidad y susceptibilidad con que volvía siempre sobre él contrastaba palmariamente con las declaraciones acerca de la propia dignidad y de los éxitos mundanos de que alardeaba. Como tema de diversión, el joven debía, ciertamente, pagar por todos, pues Cipolla tendría por costumbre escoger una víctima cada velada y tomarla como blanco. No obstante, en sus sarcasmos revelábase una auténtica hostilidad, sobre cuyo significado decía ya bastante una ojeada al aspecto físico de ambos, aun cuando el inválido no aludiera de continuo a la fortuna, dada por segura, de aquel guapo muchacho con las mujeres.

—Para comenzar, pues, nuestro espectáculo —añadió Cipolla—, permitidme que me ponga más cómodo.

Y se dirigió hacia la percha, para colgar la capa.

—*Parla benissimo* —afirmó alguien junto a nosotros. El hombre no había hecho aún nada, pero ya sus palabras se estimaban como un mérito, sólo con ellas había sabido imponerse. Para los meridionales, la lengua es un ingrediente más de la alegría de vivir, atribuyéndosele una consideración social mucho más viva que la que se le da en el norte. El nexo nacional de la lengua materna disfruta, entre tales pueblos, de honores ejemplares, y algo de amenamente ejemplar posee el placentero respeto con que se cuidan sus formas y sus leyes fonéticas. Se habla con agrado, se escucha con placer, se escucha y se juzga. En efecto, la manera que tiene uno de hablar sirve para medir su rango personal: descuido y dejadez provocan menosprecio; elegancia y dominio, humana consideración. Por eso, aquel hombrecillo, para hacerse valer, escogía cuidadas locuciones y las modelaba con esmero.

En este aspecto al menos, Cipolla había dispuesto al público en su favor, si bien no pertenecía en absoluto a aquella especie que el italiano, con una singular mezcla de juicio moral y estético, define como *«simpatica»*.

Después de haberse despojado de la flamante chistera, de la bufanda y el abrigo, se adelantó de nuevo al proscenio arreglándose la levita, sacando fuera los puños de grandes gemelos y ajustándose la faja bufonesca. Tenía un pelo horrible: la parte superior del cráneo era casi calva; sólo una delgada tira de pelo teñida de negro le corría, como pegada, de la coronilla a la frente, en tanto que los pelos de las sienes, igualmente ennegrecidos, aparecían peinados hacia la comisura de los ojos. Era un poco el peinado de un director de circo de antaño, ridículo, pero apropiado para aquel anticuado estilo personal, y ostentado con tal seguridad, que la sensibilidad del público quedó como muda contenida frente a tal comicidad. El pequeño defecto físico del que Cipolla había hablado antes resultaba ahora demasiado visible, aunque su naturaleza no estaba del todo clara: el pecho era demasiado erguido, como suele darse en estos casos, pero la giba, sobre la espalda, no parecía estar en su lugar, entre los omóplatos, sino más abajo, como una protuberancia de la cadera y del trasero que no le impedía caminar, pero le prestaba un aire grotesco, acentuado a cada paso que daba. Por lo demás, sólo con mencionarlo, había hecho inocuo su defecto, y un compasivo sentido del tacto predominó en la sala.

—¡A su disposición! —dijo Cipolla—. Con su permiso, daremos comienzo a nuestro programa con algunos ejercicios de aritmética.

¿Aritmética? Eso nada tenía que ver con la magia. Surgió entonces la sospecha de que aquel hombre navegaba bajo falsa bandera: quedó sólo por acertar cuál sería la verdadera. Comencé entonces a compadecerme de los niños: pero, por el momento, estaban encantados de encontrarse allí.

El juego de números que Cipolla presentó resultó tan sencillo como sorprendente por su efecto final. Empezó por fijar una hoja de papel, con chinchetas, en el ángulo derecho superior del encerado, y levantándola, escribió en la pizarra algo con tiza. Mientras tanto, no dejaba de hablar, atento a evitar, mediante un continuo acompañamiento y apoyo verbal, que sus trabajos parecieran áridos, revelándose en tal circunstancia como un charlista, de lengua fácil e inagotable en recursos de locuacidad. Que continuara llenando el vacío existente entre palco y platea con la singular escaramuza habida con el joven pescador; que invitara a subir a escena a representantes del público, y también, por su parte, descendiera de la misma por los escalones de madera que la comunicaban con la sala, para tomar contacto personal con los espectadores, formaba parte todo ello de su estilo de actuar y gustó mucho a los niños. No sé hasta qué punto el hecho de que de pronto volviera a discutir con los espectadores correspondía a sus intenciones y a su sistema, aun cuando se mantuviera muy serio y contrariado... El público, de cualquier modo, al menos en sus elementos populares, parecía hallarlo todo muy normal.

Efectivamente, en cuanto acabó de escribir, y escondido lo escrito bajo la hoja de papel, Cipolla manifestó el deseo de que subieran al escenario dos personas para ayudarlo a seguir el cálculo que habría de verificarse. La operación no entrañaba especial dificultad, incluso personas poco aficionadas a los números podían hacerlo. Como suele ocurrir en tales casos, no se ofreció nadie, y bien se guardó Cipolla de molestar al público más distinguido. Se atuvo al pueblo, dirigiéndose a dos muchachos bien robustos de pie al fondo de la sala; y provocándolos, infundiéndoles ánimos, reprochándoles el que permanecieran ahí con la boca abierta, en lugar de colaborar en el espectáculo, consiguió que se pusieran en movimiento. Con torpe andadura avanzaron por el pasillo central, subieron los peldaños, y entre los «¡bravos!» de sus compañeros, gesticulando, se colocaron frente al encerado. Cipolla siguió bromeando con ellos un rato: elogió la heroica solidez de sus miembros, el considerable tamaño de sus manos, muy adecuadas para realizar el favor pedido a la sala, y finalmente, puso la tiza en la mano de uno de ellos con el ruego de escribir los números que se le gritaran.

—*Non so scrivire* —dijo éste con voz torpe; y su compañero añadió:

—Tampoco yo.

Sólo Dios sabe si decían la verdad o si querían sólo divertirse a costa de Cipolla. De todos modos, lejos estaba éste de participar en las risas provocadas por aquella doble confesión. Se mostró molesto y ofendido: sentado, con las piernas cruzadas, en medio del escenario, sobre una silla de anea, fumaba otro pitillo de la cajetilla barata, que debió de sentarle tanto mejor cuando acababa una segunda copa de coñac, mientras aquellos dos tontos se dirigían hacia el entarimado. Mientras el humo profundamente aspirado fluía de nuevo a través de los dientes, que dejó al descubierto, la mirada del Cavaliere, por encima de aquellos dos alegres palurdos y del mismo público, se perdió en el vacío; y como una persona que, frente a un indecoroso espectáculo, se recluye en sí misma y en su propia dignidad, Cipolla movía la punta del pie, en actitud de severa reprobación.

–¡Escandaloso! –dijo, frío y tajante–. ¡Volved a vuestro sitio! En Italia todos saben escribir; la grandeza de la patria no consiente ignorancia ni oscuridad. Es una sucia broma formular ante los oídos de este público internacional una acusación con la que no sólo os rebajáis vosotros mismos, sino que incluso exponéis al Gobierno y a la nación a toda clase de habladurías. Si Torre di Venere fuera el último rincón patrio en que se hubiera refugiado la ignorancia de las ciencias elementales, me vería obligado a lamentar el haber buscado un lugar que debía saber inferior a Roma en más de un aspecto...

En este punto fue interrumpido por el muchacho del peinado moreno y la americana colgada del hombro; como podía verse, había renunciado sólo por poco tiempo a su humor agresivo, y ahora, con la cabeza alta, se erigía como paladín de la ciudad.

–¡Basta! –dijo en voz alta–. ¡Basta de bromas sobre Torre! Todos somos naturales de aquí y no permitiremos que se escarnezca la ciudad delante de forasteros. También estos dos muchachos son amigos nuestros. Aun cuando no muy instruidos, son, en cambio, quizá mejores que alguien que aquí en esta sala se envanece de Roma, como si la hubiera fundado.

Excelente. Verdaderamente, aquel joven no se dejaba tomar el pelo. Aquella especie de teatro resultó muy divertida, si bien contribuía a demorar el comienzo del programa de la velada. Asistir a una discusión es siempre gratificante. Hay quienes no conocen mejor diversión, y disfrutan de su neutralidad con una suerte de maligna alegría; otros, al contrario, se sienten inquietos y angustiados, y los comprendo muy bien, por cuanto tuve entonces la impresión de que, en el fondo, todo formaba parte de un pacto, y que tanto los dos palurdos como el *giovanotto* de la chaqueta al hombro colaboraban con el artista para animar el espectáculo. Los niños atendían boquiabiertos. No entendían nada, pero el tono del diálogo les cortaba el aliento. Aquélla era, pues, una velada de magia, o por lo menos, una velada a la italiana. Sin duda que encontraban todo aquello muy atractivo.

Cipolla se había levantado, y contoneándose, avanzó dos pasos hacia el proscenio.

—¡Vamos a ver! —dijo con enojada cordialidad—. ¡Un viejo conocido! ¡Un joven con el corazón en la lengua!

(Dijo: «sulla linguaccia», que significa «lengua sucia», y provocó la hilaridad.) Aquí, volviéndose hacia los dos zotes:

—¡Marchad, amigos míos! Con vosotros ya he acabado, y ahora tengo que vérmelas con este hombre de honor, *con questo torreggiano di Venere*, que sin duda, aguarda tiernas expresiones de agradecimiento por su vigilancia...

—*Ah, non scherziamo!* —exclamó el muchacho. Sus ojos brillaban, y efectivamente hizo el gesto de quitarse la chaqueta y pasar a la acción directa.

Cipolla no se lo tomó a lo trágico. A diferencia de nosotros, que nos mirábamos preocupados, el Cavaliere se las tenía con un hombre de su tierra, sentía el solar patrio bajo los pies. Permaneció inalterable, mostrando una absoluta superioridad. Un risueño gesto de cabeza hacia el gallo de pelea, dirigida la mirada al público, parecía invocar el divertido testimonio de una acometividad con la que su antagonista ponía sólo en evidencia la elementariedad de su temple. Luego, en este punto, sucedió de nuevo un hecho extraño, que prestó a aquella superioridad una luz siniestra y la belicosa excitación que irradiaba del escenario acabó, vergonzosamente, en el mayor ridículo.

Cipolla se aproximó todavía más al joven, mirándole fijamente a los ojos de forma extraña. Incluso bajó a medias los escalones que allí, a nuestra izquierda, descendían hacia el auditorio, de modo que se colocó casi delante de su belicoso adversario, apenas un poco más alto. Le colgaba el látigo del brazo.

—Tú no estás para bromas, hijo mío —dijo—. Y se comprende, ya vemos todos que no estás bien. Ya tu lengua, cuya limpieza deja mucho que desear, revelaba un grave trastorno del sistema gástrico. Cuando uno se siente como tú, debería evitar asistir a funciones nocturnas, y además tú no lo ignoras, dudabas entre venir y meterte en la cama *(farti un impacco)*. Ha sido una imprudencia por tu parte el beber esta tarde demasiado de aquel vino blanco tan agrio. Ahora sufres un cólico tal, que desearías retorcerte de dolor. ¡Hazlo sin miedo! Esta concesión del cuerpo alivia un poco el dolor de vientre.

Hablaba recalcando cada palabra, con una especie de grave afección: fijos en los del muchacho, los ojos, por encima de sus bolsas, parecían apagarse y arder al mismo tiempo. Eran unos ojos extrañísimos, y se advertía que no era sólo el orgullo lo que impedía a su interlocutor separar los suyos. Nada de la habitual altivez quedaba ya en aquel rostro bronceado: con la boca abierta, miraba fijamente el joven al Cavaliere, y aquella boca sonreía, contorsionada y lamentable.

—¡Retuércete! —repitió Cipolla—. ¿Qué otra cosa puedes hacer? Con un cólico como el tuyo conviene doblar el cuerpo: no querrás sustraerte a un reflejo natural sólo porque se te imponga.

El joven levantó lentamente los antebrazos, y mientras los apretaba, cruzándolos, sobre el abdomen, su cuerpo se dobló; tendiéndose hacia adelante y de lado, siempre más profundamente, llegó a doblarse del todo con los pies torcidos hacia adentro y las rodillas unidas, hasta que, imagen del dolor, quedó casi pegado al suelo. En esta posición lo dejó Cipolla un rato; produjo luego un breve chasquido con el látigo, y volvió contoneándose al velador, donde ingirió una copita de coñac.

—*Il boit beaucoup* —hizo notar detrás de nosotros una señora.

¿Sólo esto la sorprendía? No logramos comprender claramente hasta qué punto se hacía cargo el público del juego. El muchacho se había vuelto a incorporar y sonreía un poco confuso, como si no se hubiera percatado de lo ocurrido. La escena fue seguida con interés, y cuando concluyó se la aplaudió, tanto con gritos de «Bravo Cipolla!» como de «Bravo giovanotto!». Evidentemente, el desenlace de la discusión no se estimó como una derrota personal del joven: se tributó a éste el aplauso como a un actor que hubiera desempeñado meritoriamente un papel difícil. Realmente, su modo de doblarse por los dolores de vientre había resultado muy expresivo; en su verismo, como calculado para el público de general: en suma, por así decirlo, una interpretación digna de un actor. Sin embargo, no podría precisar hasta qué punto la conducta de la sala cabía atribuirla sólo a aquel sentimiento humano de tacto que el sur posee en mayor grado que nosotros, y en qué proporción se derivaba de una real intuición de la esencia de las cosas.

El Cavaliere, fortalecido, encendió un nuevo cigarrillo. Podía reanudarse el experimento de aritmética. No fue difícil encontrar a un joven de las últimas filas de butacas dispuesto a escribir en el encerado las cifras que se le dictaran. También nosotros le conocíamos, y por el hecho de conocer tantos rostros, cobraba todo ello un carácter familiar. Era el encargado de la tienda de frutas y ultramarinos de la calle principal, que nos había servido varias veces con muy buenos modales. Manejaba la tiza con destreza comercial, mientras Cipolla, en la platea, se movía entre el público con su andadura de inválido y recogía números de dos, tres, cuatro cifras, a libre elección. Los tomaba de los labios de los interrogados, para gritarlos luego a su vez al joven tendero, que los colocaba en columna. Por tácito acuerdo mutuo, todo se consideraba espectáculo, broma, divagación verbal. Era inevitable que el artista se tropezara con extranjeros poco familiarizados con los números italianos; con ostentosa amabilidad, se ocupaba de ellos durante un largo rato, entre la cortés hilaridad de los niños nativos, a los que luego ponía en un aprieto, obligándolos a traducirle cifras citadas en inglés y en francés. Algunos daban como números fechas memorables de la historia de Italia. Cipolla los captaba enseguida, valiéndose de los mismos para introducir, de pasada, consideraciones patrióticas. Alguien exclamó: «¡Cero!», y el Cavaliere, profundamente ofendido como ante cualquier tentativa de hacerlo pasar por un bufón, replicó que era aquél un número con menos de dos cifras. Entonces otro bromista gritó: «¡Cero, cero!», cosechando aquel éxito de hilaridad que en el sur acompaña siempre a cualquier alusión a ciertas cosas naturales. Sólo el Cavaliere se mostró dignamente contrariado, si bien había sido él mismo quien provocara intencionadamente la alusión; no obstante, encogiéndose de hombros, transmitió también este número al escribiente.

Cuando ya había sobre el encerado una quincena de cifras de varia longitud, Cipolla requirió la suma total. Expertos calculadores eran capaces de realizar mentalmente aquel cometido con sólo ver lo escrito en el encerado, pero se admitía también la apelación al lápiz y a la agenda de bolsillo. Mientras el público trabajaba, Cipolla, sentado en su silla junto al encerado, fumaba haciendo muecas, en la actitud fatua y arrogante del inválido. Pronto quedó lista la suma de seis cifras. Uno la comunicó, otro la confirmó, el resultado de un tercero difirió un poco, el del cuarto estuvo de nuevo conforme. El Cavaliere se levantó, se sacudió un poco la ceniza caída sobre la levita, y alzando la hoja de papel en el ángulo superior derecho del encerado, dejó ver lo que previamente había escrito: exactamente la suma enunciada, próxima al millón. La había calculado con antelación.

Gran asombro y grandes aplausos. Los niños quedaron sobrecogidos. Querían saber cómo lo había hecho. Les dijimos que todo era un truco, difícil de explicar sin más, y que aquel hombre era nada menos que un mago. Ahora ya sabían ellos en qué consistía la actuación de un ilusionista: primero, los dolores de vientre del pescador, y ahora el resultado ya escrito en el encerado. ¡Magnífico! Preocupados, constatamos por nuestra parte que a pesar de que se les cerraban los ojos y que eran ya casi las diez y media, sería muy difícil sacarlos de ahí. Habría lágrimas. Y, sin embargo, era evidente que aquel jorobado no encantaba, en cuanto a destreza al menos, y que el espectáculo no era apto para niños.

Ignoro, una vez más, lo que el público pensaba. De todas formas, muy dudosa había sido su «libre elección» en el enunciado de las cifras a sumar. Alguno que otro, entre los interrogados, habría contestado, seguro, espontáneamente, pero, en conjunto, estaba claro que Cipolla había seleccionado su gente, y que el proceso, encaminado hacia el resultado previamente escrito, se había desarrollado bajo el control de su voluntad (con lo que, si lo demás se sustraía extrañamente a la admiración, no podía menos de sorprender su talento de calculador). Añádase el patriotismo y el sensible orgullo: los compatriotas del Cavaliere podían sentirse tranquilos, en su elemento, y disponibles para la broma. Ahora bien, a los de fuera aquella mezcolanza nos intranquilizaba.

Por añadidura, el mismo Cipolla tenía buen cuidado de que el carácter de sus artes quedara claro para cualquier iniciado, sin mentar siquiera un nombre, ni un término técnico. Hablaba mucho del tema (no dejaba nunca de hablar), pero sólo con fórmulas imprecisas, publicitarias y pretenciosas. Prosiguió todavía por un rato en la vía experimental iniciada, haciendo primero los cálculos más complicados con el añadir a la suma ejercicios de otras operaciones, ejemplificándolas, por tanto, al máximo, para revelar el procedimiento. En suma, hizo «adivinar» números que había escrito primero bajo la hoja de papel. Lo lograba casi siempre. Alguien confesó que, en realidad, hubiera querido decir otra cantidad, pero al mismo instante el látigo del Cavaliere había chascado ante él, y entonces dejó escapar el número previamente escrito en el encerado. Cipolla se reía, sacudiendo los hombros. Fingía admiración por el ingenio de los interrogados, pero sus cumplidos tenían algo de irónico y de degradante, y no creo que los aludidos los agradecieran, aunque sonreían y estimaban sin duda en su favor parte de los aplausos. No guardo, sin embargo, la impresión de que el artista tuviera muchas simpatías entre el público. Podían advertirse síntomas de hostilidad e irritación; no obstante, omitiendo la urbanidad que frenaba tales impulsos, la capacidad de Cipolla, su indomeñable seguridad, no dejaban de producir impresión, e incluso el látigo, según creo, contribuía un tanto a mantener sumergida la rebelión.

Del experimento aritmético puro y simple, el Cavaliere pasó a los juegos de naipes. Sacó de su bolsillo dos barajas, y el experimento más típico y notable entre los presentados en aquella parte del programa fue, según recuerdo, el siguiente. Escogía sin mirar tres naipes de una baraja, los escondía en el bolsillo interior de su levita, y la persona designada extraía de la otra baraja que se le presentaba aquellos tres mismos naipes. No eran siempre exactamente los mismos: podía ocurrir que sólo dos coincidieran, pero en la mayoría de los casos triunfaba Cipolla al enseñar sus propias tres cartas, agradeciendo apenas el aplauso con que, queriéndolo o no, reconocíamos las facultades que exhibía.

Un joven de la primera fila de asientos, a nuestra derecha, con un rostro orgullosamente modelado, un italiano, levantó la mano y declaró estar decidido a escoger las cartas con toda libertad, oponiéndose conscientemente a todo género de influencias. En tal caso, ¿cómo iba a apañárselas Cipolla?

—Creo —replicole Cipolla— que con ello sólo dificultará un poco más mi tarea, pero su resistencia no cambiará un ápice el resultado. Existe la libertad, y también existe la voluntad; pero la libertad de querer no existe, porque una voluntad que pretende la libertad absoluta se contradice y cae en el vacío. Libre es usted de escoger o no escoger una carta. Pero al hacerlo, escogerá la prescrita, con tanta mayor seguridad cuanta mayor sea la obstinación con que se oponga.

Debemos convenir en que no habría podido escoger mejores palabras para enturbiar las aguas y confundir los espíritus. El contradictor vaciló nerviosamente antes de extender la mano. Extrajo una carta y pretendió que se le mostrara si otra idéntica se hallaba entre las ocultas.

—Pero ¿cómo? —se asombró Cipolla—. ¿Por qué hacer a medias un trabajo?... —Sin embargo, dado que el terco adversario insistía en aquella comprobación preliminar—: *E servito!* —exclamó el charlatán con un gesto insólitamente servil, y sin siquiera mirarlas, mostró sus tres cartas dispuestas en abanico. La escogida por aquel señor del público era la última de la izquierda.

El paladín de la libertad se sentó contrariado, entre los aplausos de la sala. Hasta qué punto sostenía Cipolla sus dotes innatas con trucos mecánicos y hábiles gesticulaciones, sólo el demonio podía saberlo. Supuesta, de cualquier forma, la coexistencia de tales elementos, la libre curiosidad individual de los presentes coincidía en el disfrute de un espectáculo fenomenal, y en el reconocimiento de una innegable profesionalidad en el artista. «*Lavora bene!*», oíamos aquí y allá, cerca de nosotros, tal constatación, y ello significaba el predominio de una justicia objetiva sobre la antipatía y sobre la tácita rebelión.

Después de su último, fragmentario y tanto más significativo éxito, Cipolla se reconfortó con una nueva copita de coñac. En realidad *beveva molto*, y no era muy agradable constatarlo. Ahora bien, evidentemente, le eran indispensables el licor y los cigarrillos para mantener y renovar su tensión anímica (él mismo lo había recalcado), sometida a tan diversas e intensas solicitaciones. Entre copita y copita, hay que decirlo, se acentuaba su mal aspecto, el rostro aparecía como más chupado, hundidos los ojos. El licor volvía a ponerlo en forma y su discurso recobraba su anterior fluidez, mientras el humo inspirado le brotaba gris de los pulmones.

Sé, a ciencia cierta, que pasó de sus prestidigitaciones con naipes a aquella clase de juegos de sociedad basados en las facultades de la naturaleza humana (de uno u otro lado de la razón), en la intuición, en la transferencia «magnética»: en suma, sobre una forma mínima de revelación. Lo que ya no recuerdo es la exacta sucesión de sus actuaciones. Por lo demás, no les aburriré describiendo estos experimentos. ¿Quién no los conoce? Todo el mundo ha participado alguna vez en el hallazgo de objetos escondidos, en aquella ciega ejecución de acciones combinadas en que la orden se transmite de uno a otro organismo a través de un misterioso camino. Todo el mundo ha tenido ocasión de echar una rápida ojeada, curiosa, despectiva y escéptica, sobre el carácter equívoco, turbio, inextricable, de lo oculto: lo oculto que, en la humanidad, propende siempre a entremezclarse vejatoriamente con la charlatanería y el compasivo embrollo, sin que tal mezcolanza pruebe nada contra la autenticidad de los otros ingredientes de la peligrosa amalgama. Sólo diré que todas las circunstancias van corroborándose naturalmente, y que la impresión gana en profundidad en todos los sentidos, cuando un Cipolla es el director y protagonista del oscuro juego. Con la espalda vuelta hacia el público, el Cavaliere estaba sentado en el fondo del escenario, mientras en la sala se tomaban, fumando, secretamente acuerdos que él debía acatar, y pasaba de una mano a otra el objeto que debía extraer de su escondrijo, ejecutando algo ya convenido de antemano. Con la cabeza inclinada hacia atrás y una mano distendida, Cipolla se movía en zigzag a través de la sala, mientras su otra mano estrechaba la de un guía al corriente de todo, obligado a mantenerse físicamente pasivo y a concentrar, asimismo, su pensamiento sobre el objeto convenido, y todo cuanto era dable observar era una especie de tanteo, ya con bruscas sacudidas instintivas, vacilaciones y súbitas iluminaciones intuitivas. Los papeles parecían invertidos: la corriente fluía en sentido contrario, y el artista, en su continuo parlamento, reclamaba explícitamente la atención sobre este punto. Él, que hasta aquel momento había querido y mandado, representaba ahora el elemento pasivo, que recibía, que seguía, y que privado de voluntad propia, se limitaba a ejecutar una voluntad colectiva que flotaba en el aire, pero Cipolla insistía que en el fondo era indiferente. La facultad, decía, de renunciar a uno mismo, de transformarse en instrumento, de someterse a una absoluta y perfecta obediencia, no era sino el reverso de aquella otra de querer y mandar. Tratábase de una y la misma facultad: mandar y obedecer, ambas cosas formaban un principio único, una sola unidad indisoluble. Quien sabe obedecer, también sabe mandar, y viceversa; un concepto está incluido en el otro, como pueblo y Duce están incluidos uno en el otro; pero el trabajo, el durísimo y agotador trabajo, es, de cualquier modo, obra suya, del Duce y organizador, en quien la voluntad se hace obediencia y la obediencia voluntad, porque en su persona tienen ambas su origen, y por todo ello era su misión infinitamente difícil. Insistía con frecuencia y energía en que tenía una misión dificilísima, quizá para explicar su necesidad de recobrarse y de tener que acudir a menudo a la copita de coñac.

Andaba a tientas como un visionario, guiado y movido por la arcana voluntad colectiva. Extrajo un broche con piedras preciosas del zapato de una inglesa, donde había sido escondido, y lo llevó, con improvisadas detenciones y bruscas aceleraciones, a otra dama, la señora Angiolieri. Las palabras previamente convenidas con que se lo entregó de rodillas, si bien pronunciadas cerca, no fueron fáciles de captar, porque se acordó que fueran en francés.

–Le hago este obsequio como prueba de mi veneración –debió de decirle, y se nos antojó a nosotros que había cierta malicia en la dureza de aquella condición.

Había un cierto antagonismo entre el interés por ver realizarse el portento y el deseo de que un ser tan creído sufriera un fracaso. Resultó, sin embargo, muy extraño cómo Cipolla, de rodillas ante la señora Angiolieri, entre frases de probatura, trataba de descubrir lo que se le había encargado.

—Tengo que decir algo —comenzó—, y percibo con claridad lo que debo decir, pero, al mismo tiempo, considero que tales palabras resultarían falsas apenas las hubiera pronunciado. ¡Guárdense, pues, de querer ayudarme con alguna seña involuntaria! —exclamó, aunque esto fuera justamente lo que sin duda él esperaba—. *Pensez très fort!* —exclamó de pronto en un mal francés. Inmediatamente después, soltó la frase que se le encomendó, en italiano naturalmente, pero de tal modo, que la palabra final y principal la dejó caer bruscamente en la lengua hermana que, casi seguro, le debía de ser poco familiar: en lugar de *venerazione* dijo *vénération* con una increíble nasal final. Este éxito parcial, tras las precedentes actuaciones, como el hallazgo del broche, la identificación de la destinataria y la genuflexión, produjo un mayor efecto que un triunfo completo, y levantó aplausos de admiración.

Cipolla se enjugó, al levantarse, el sudor de la frente.

Deben comprender ustedes que yo, al contar lo del broche, sólo he querido dar un ejemplo de su labor que me impresionó particularmente. Pero el Cavaliere actuaba de muchos modos, entreverando toda clase de experimentos e improvisaciones, al calor de su contacto con el público. La inspiración parecía venirle, en particular, de la persona de nuestra anfitriona: la señora Angiolieri le hacía adivinar cosas asombrosas.

—No se me escapa, *signora* —le dijo Cipolla—, que el suyo es un caso particular y digno de toda consideración. Quien sepa mirar, observará en torno de su encantadora frente una luz que, si no me engaño, fue en otro tiempo más intensa que lo que es hoy, una luz que va lentamente apagándose... ¡Ni una palabra siquiera! ¡No me ayude! A su lado está sentado su marido, ¿no es así? —Volvióse entonces hacia el señor Angiolieri—: Usted es el marido de esta señora y su silenciosa felicidad es perfecta. Pero esta felicidad está hecha de recuerdos..., recuerdos principescos... Me parece que el pasado, *signora*, desempeña hoy en su existencia un importante papel. Usted conoció a un rey... ¿No cruzó un rey por el camino de su vida en días pasados?

—Sin duda que no —murmuró la administradora de nuestra cotidiana sopa, mientras los ojos de un castaño dorado le brillaban en la noble palidez del rostro.

—¿Sin duda que no? No, ciertamente ningún rey, y es que me he expresado con torpeza. Ni rey, ni príncipe, y sin embargo, un príncipe, un rey de más altos reinos. Fue un gran artista la persona al lado de la cual usted una vez... Quiere contradecirme, pero decididamente no puede hacerlo, sólo a medias lo logra. ¡Así es! Era una célebre, gran artista, de cuya amistad gozó usted en tierna edad y cuya sagrada memoria corona e ilumina toda su existencia... ¿Su nombre? No será necesario pronunciarlo, tan vinculada está su gloria, desde hace ya tiempo, con la de la patria, tan inmortal como la de ésta... Eleonora Duse —dijo, al fin, en voz solemne y baja.

La diminuta señora Angiolieri, abrumada, se replegó en sí misma. El aplauso se convirtió en manifestación patriótica. Casi todos, en la sala, conocían el importante pasado de la señora Angiolieri, y eran capaces de valorar la intuición del Cavaliere: principalmente, los huéspedes de Villa Eleonora. Podíamos sólo preguntarnos hasta qué punto estaba él informado de todo aquello, o lo que era fruto de su olfato profesional, después de la llegada a Torre di Venere... Pero no tengo motivo alguno para sospechar racionalmente de unas facultades que, ante nuestros mismos ojos, iban a serle fatales.

Hubo, en este momento, una pausa, y nuestro dominador se retiró a descansar un rato. Confieso que he tenido miedo de llegar a este punto de mi historia casi desde el instante en que comencé a narrarla. Leer los pensamientos de los hombres no suele ser generalmente difícil, y en nuestro caso era hasta muy fácil. Me preguntaréis, sin duda, por qué no nos fuimos, y confesaré que debo seguir deudor de la respuesta. Ni lo comprendo, ni siquiera puedo justificarlo. Debían de ser ya más de las once, y, probablemente, un poco más tarde. Los niños estaban dormidos. La última serie de experimentos les había resultado más bien aburrida, y la naturaleza había fácilmente ejercido su derecho. Dormían sobre nuestras rodillas, la pequeña sobre las mías y el niño sobre las de su madre. Si, por un lado, era aquello tranquilizador, por el otro suponía también un motivo de compasión, un aviso para que los lleváramos a la cama. Les aseguro que queríamos obedecer a aquella conmovedora exhortación; de verdad que sí. Despertamos a los pequeños diciéndoles que ya era hora de volver a casa. Pero apenas volvieron en sí se resistieron, suplicantes, a marcharse, y ustedes ya saben que el horror de los niños a abandonar prematuramente un espectáculo sólo a la fuerza se puede dominar, pero no vencer. Lo que hacía el mago era magnífico, protestaban, y nosotros no sabíamos lo que seguiría. Habría que ver al menos cómo se reanudaría el espectáculo; ellos, mientras tanto, habrían dormido un poco, y por Dios, que no los lleváramos a casa, a la cama, cuando no había concluido aún la maravillosa velada...

Cedimos, aunque creímos hacerlo sólo por unos instantes. No valen excusas por habernos quedado, y explicarlo es aún más difícil... ¿Creíamos tener que decir B después de que habíamos dicho A, y habíamos llevado equivocadamente a nuestros niños a aquel lugar? No me pareció esta explicación suficiente. ¿Éramos nosotros los que nos divertíamos? Sí y no, puesto que nuestros sentimientos respecto al Cavaliere eran de naturaleza diversa, y lo eran también, si no me equivoco, los de toda la sala, y a pesar de ello, nadie se iba. ¿Acaso habíamos sucumbido todos a la singular fascinación de aquel hombre que se ganaba la vida de un modo tan especial, incluso fuera de programa y durante el descanso de sus juegos de prestidigitación, y había llegado a paralizarnos? No cabe olvidar la simple curiosidad: pretendía conocerse cómo proseguiría una velada que había comenzado de aquel modo, y además el propio Cipolla, de salida, había manifestado que aún le quedaba mucho por hacer, y que eran de esperar cosas aún mucho más sorprendentes.

Pero no es esto, o no es esto todo. Lo más justo sería responder a la pregunta con otra pregunta: ¿por qué no nos habíamos ido antes de Torre? Trátase, en mi opinión, de una y la misma pregunta, y para hallar una salida honrosa podría simplemente alegar que ya la había contestado. Aquella velada tenía lugar de la misma forma poco agradable, agresiva y deprimente que toda nuestra estancia en Torre, en general, e incluso bastante más: aquella sala parecía el punto de reunión de todo lo extraño, raro y tenso con que se definía la atmósfera del lugar. Aquel hombre, cuyo retorno aguardábamos, personificaba, a nuestro juicio, todo eso, y como no nos habíamos decidido a marchar de buen principio, hubiera sido absurdo hacerlo, por así decirlo, por tal minucia. Tómese como se quiera, no se me ocurre una mejor excusa para nuestra pasividad.

Hubo, pues, un descanso de diez minutos, que, en realidad, se convirtieron en veinte. Los niños, ya despiertos y felices por nuestra resolución, supieron ocuparlos de forma divertida. Reanudaron sus relaciones con el medio «popular» de Torre, con Antonio, con Guiscardo, con el hombre de la piragua. Haciendo bocina con sus manos, gritaban a los pescadores expresiones de buenos deseos, dictadas por nosotros: «*Domani molti pesciolini!*» «*Tutta la rete piena!*». A Mario, el joven camarero del Esquisito, le gritaron: «*Mario, una ciocolatta e biscotti!*». Y él les oyó esta vez y les contestó, sonriendo: «*Subito!*». Tenemos motivos para conservar en el recuerdo aquella amable sonrisa, algo distraída en su melancolía.

Transcurrido así el descanso, resonó de nuevo el gong, y el público, entregado a la conversación, volvió a sus localidades, y los niños se encaramaron curiosos a sus butacas, con las manos en las rodillas. La escena seguía abierta. Cipolla entró en ella con contoneante andadura, e inició de pronto con un discurso la segunda parte de su actuación.

Me atengo a lo esencial. Aquel pretencioso jorobado era el más increíble hipnotizador que yo nunca había visto. Si él mismo, anunciándose como prestidigitador, había despistado al público respecto a la naturaleza de sus números, lo había hecho para eludir ordenanzas policiales que prohibían con todo rigor el ejercicio profesional de tal práctica. Quizás el encubrimiento formal sea un uso habitual, tolerado, al menos en parte, por la autoridad. Lo que es evidente es que ya desde el comienzo el charlatán poco había simulado el verdadero carácter de sus manipulaciones, y la segunda parte de su programa se basaba exclusivamente en experimentos de imposición y de privación (o suspensión) de la voluntad, aun cuando en su retórica continuara predominando el circunloquio. En una larga serie de experimentos cómicos, excitantes y asombrosos, que a la medianoche aún no había acabado, se nos permitió apreciar, desde lo insignificante hasta lo monstruoso, todo cuanto este campo, ambiguo por naturaleza, puede ofrecer en cuestión de fenómenos; los episodios grotescos fueron seguidos por un público que se reía, movía escéptico la cabeza, se golpeaba las rodillas, aplaudía: un público que, con toda evidencia, estaba bajo el poder de aquella personalidad tan segura de sí misma, si bien (así me lo pareció) no dejara de experimentar sentimientos de rebeldía por cuanto había de deshonroso en los éxitos de Cipolla, tanto para el individuo como para el conjunto de los presentes.

Dos elementos concurrían esencialmente a aquellos éxitos: la copita de refuerzo y el látigo con el mango en forma de garra. La primera debía de servirle para reavivar de continuo el fuego de sus demonios, apenas se perfilaba la amenaza del agotamiento, y esta circunstancia podría habernos inducido a preocuparnos por el hombre, de no existir lo otro, es decir, el símbolo ofensivo de su poder, la silbante férula, bajo la cual su arrogancia nos sometía a todos, y cuyo empleo no suscitaba sentimientos más tiernos que los de un estúpido y refractario sometimiento. ¿Experimentaba acaso la carencia de tales sentimientos? ¿Pretendía que simpatizáramos con él? ¿Lo quería tener todo? Me sorprendió particularmente una manifestación suya, que hacía pensar en la existencia de tales celos. La hizo en el punto culminante de sus experimentos. Había reducido a un perfecto estado cataléptico, mediante pases y soplos, a un joven que se había puesto a su entera disposición, y que desde hacía un rato se mostraba como un sujeto particularmente sensible a tal suerte de influjos. Sumido en un hondo sueño, no sólo estaba suspenso, apoyándose en la nuca y los pies, sobre los respaldos de dos sillas, sino que el mismo Cipolla podía incluso sentarse encima, sin que aquel cuerpo, rígido como una tabla, cediera. La visión de aquel monstruo, sentado sobre aquel cuerpo petrificado, era increíble y horrenda, y el público, al imaginar que la víctima de aquel pasatiempo científico podía estar sufriendo, se compadeció de ella.

—*Poveretto!* ¡Pobre diablo! —exclamaban benévolas voces.

—*Poveretto!* —ironizó Cipolla exasperado—. ¡Se equivocan sus señorías! *Sono io il poveretto!* Soy yo quien tiene que sufrir todo esto...

Se aceptó la lección. Pues sí, podía ser él quien corriera con los gastos del espectáculo; él, que con la imaginación asumiera los dolores de vientre, de los que, en un principio, el *giovanotto* nos ofreciera tan lamentables gestos. Ahora bien, la apariencia testimoniaba lo contrario, y no está uno dispuesto a llamar *poveretto* a un tipo que sufre por la degradación de terceros.

Sin embargo, he anticipado mi relato, alterado el orden cronológico. Aún tengo hoy la cabeza llena de recuerdos sobre los experimentos del Cavaliere. Sólo que no sé cómo ordenarlos, y por otra parte, tampoco importa mucho. De todos modos, recuerdo que los grandes y complicados éxitos, los que obtuvieron mayor aplauso, no me produjeron tanto efecto como otros logros menores, más pasajeros. El fenómeno del muchacho que hacía de banco para sentarse encima me vino a la memoria, hace unos instantes, única y exclusivamente por la llamada al orden que se vinculó con él. Pero que una dama de cierta edad, dormida en una silla, fuera inmersa por Cipolla en la ilusión de efectuar un viaje por la India, y que en su estado de trance informara con gran viveza de sus aventuras por tierra y por mar, fue un episodio que me impresionó mucho menos, que me pareció menos extraordinario que el hecho de que un caballero, alto y bien plantado, no pudiera levantar más el brazo, sólo porque el jorobado le anunciara que no lo podía hacer, haciendo restallar una sola vez en el aire su látigo. Veo aún el rostro de aquel coronel imponente y mostachudo, cuando apretaba convulsivamente los dientes mientras luchaba por su perdida libertad de elección. ¡Qué escena tan confusa! Parecía querer y no poder, pero podía sólo no querer, en el paralizante enredarse de la voluntad en ella misma que nuestro domador había impuesto antes burlonamente al ya citado caballero romano.

Todavía menos he olvidado, en su conmovedora y espectral comicidad, la escena con la señora Angiolieri, cuya etérea falta de resistencia frente al poder del Cavaliere había sin duda intuido éste en su primera y escrutadora mirada a la sala. Con un verdadero acto de brujería la arrancó literalmente de su asiento, la sacó de la fila de butacas arrastrándola consigo, y al mismo tiempo, para que su talento resplandeciera con mayor brillo, invitó al propio señor Angiolieri a que la llamara por su nombre de pila, como si echara en el platillo de la balanza el peso de su persona y de su derecho, y con la voz del marido despertara en el alma de la mujer todo aquello que su femenina virtud podía oponer al encanto maligno. Pero ¡qué inútil fue todo!

Cipolla, a una cierta distancia de la pareja, hizo silbar una vez el látigo, consiguiendo que nuestra anfitriona se estremeciera vivamente y volviera la mirada hacia él.

—¡Sofronia! —gritó el señor Angiolieri en ese momento (ignorábamos nosotros todavía que la señora se llamara Sofronia), y con razón se puso a llamarla a gritos, pues era evidente el peligro que entrañaba cualquier retraso: el rostro de su mujer estaba fijo en el del maldito Cavaliere.

Entonces éste, el látigo suspendido de la muñeca, comenzó con sus largos y amarillentos dedos a ejecutar movimientos de llamada y de atracción hacia su víctima, retirándose paso a paso. La señora Angiolieri, con luminosa palidez, se levantó del asiento, y volviéndose toda ella hacia el encantador, se puso a seguirle tambaleándose. ¡Escena trágica y fatídica! Con expresión de sonámbula, rígidos los brazos, las bonitas manos ligeramente levantadas y los pies como prendidos en un cepo, comenzó a deslizarse lentamente de la fila de asientos, tras el seductor que la atraía...

—¡Llámela usted, señor, llámela usted! —exhortaba el monstruo al marido.

Y el señor Angiolieri, con débil voz:

—¡Sofronia!

La llamó aún otras veces, mientras la mujer se alejaba cada vez más de él. Finalmente se llevó la mano a la boca para hacer más fuerte la voz, mientras con la otra le hacía señas. Pero la pobre voz del amor y del deber moría impotente a espaldas de una mujer perdida; deslizándose como una sonámbula, sorda y fascinada, la señora Angiolieri se dirigía vacilante en pos del gesticulante jorobado que a través del pasillo central la atraía hacia la puerta de salida. Se tenía la clara y constrictiva impresión de que habría seguido a su dueño, de haberlo éste querido, hasta el fin del mundo.

—*Accidente!* —exclamó el señor Angiolieri, de veras asustado, y saltó de su asiento cuando ella hubo alcanzado la puerta. Pero en aquel mismo instante el Cavaliere dejó caer, por así decirlo, la corona triunfal, e interrumpió el experimento.

—Basta, señora; muy agradecido... —dijo, y con histriónica cortesía ofreció el brazo a la mujer que volvía en sí como bajada de las nubes, para devolvérsela a su marido el señor Angiolieri—. Señor mío —así le saludó—, aquí tiene a su mujer. Con todos mis respetos, la pongo de nuevo en sus manos sana y salva... Vele usted con todas las fuerzas de su virilidad por un tesoro que de modo tan completo le pertenece, y que su vigilancia se acreciente incluso más con la convicción de que existen fuerzas más poderosas que la razón y la virtud, sólo excepcionalmente acompañadas por la magnanimidad de la renuncia.

¡Pobre señor Angiolieri, calvo y silencioso! No producía el efecto de un hombre capaz de defender su felicidad, ni aun contra fuerzas menos demoníacas que aquellas que habían unido la burla al espanto. Arrogante y solemne, volvió el Cavaliere a escena, mientras resonaba un aplauso al cual su elocuencia había otorgado una doble intensidad. Fue en gracia de tal éxito, si no me equivoco, que su autoridad alcanzó tal magnitud, que podía hacer bailar al público, sí, bailar. Este hecho —que hay que entender al pie de la letra— trajo consigo una especial depravación, un trasnochado desorden en los ánimos, un exaltado derrumbe de aquellas fuerzas críticas, de resistencia, que hasta entonces se opusieran a la influencia de aquel hombre odioso. Ciertamente, tuvo que luchar duramente antes de imponer todo su poder, especialmente frente a la actitud recalcitrante del joven señor romano que con su rigidez moral amenazaba con dar un ejemplo público peligroso para aquel poder. Pero el Cavaliere, consciente de la importancia del ejemplo, lo suficientemente astuto para escoger como punto de ataque el punto de menor resistencia, hizo iniciar la orgiástica danza por aquel joven enclenque, fácil al desmayo, al que antes había sumido en un estado cataléptico. Éste, apenas el Maestro le hubo lanzado una mirada, echó hacia atrás el busto como fulminado, mientras, con las manos pegadas a la costura de los pantalones, parecía caer en un estado de sonambulismo militar, ya que a partir de entonces saltaba a la vista su predisposición a aceptar cualquier absurdidad que se le impusiera. Por otra parte, parecía encontrarse a gusto en la subordinación y renunciar con agrado a su autonomía moral, porque de continuo se ofrecía como objeto de experimentación, constituyendo para él una especie de honor servir de modelo ideal en cuanto abulia y despego de la propia voluntad. Subió una vez más al escenario, y bastó con un silbido de látigo para que, siguiendo instrucciones del Cavaliere, bailara allá arriba un *step*, o mejor dicho, dejara ir en todos los sentidos sus débiles miembros, con los ojos cerrados y la cabeza bamboleante.

La cosa, según veíase, era divertida, y al cabo de corto tiempo el bailarín halló refuerzos en otros dos muchachos —el uno de aspecto acomodado, modesto el otro— que a su lado se pusieron a practicar el *step*. Fue entonces cuando el caballero romano pidió de nuevo la palabra y preguntó con arrogancia a Cipolla si sería capaz de hacerle bailar, aunque él no quisiera hacerlo.

—Aun cuando no quiera —respondió Cipolla en un tono que no se me olvidará nunca. Conservo todavía en el oído aquel terrible—: *Anche se non vuole!...* —Aquí se inició la lucha. Cipolla, tras otra copita de coñac y un nuevo cigarrillo, hizo colocarse al romano en un punto del pasillo central, con la cara vuelta hacia la salida, situándose él a sus espaldas, a cierta distancia. Tras hacer sonar el látigo, ordenó—: *Balla!* —Su adversario no se movía—. *Balla!* —repitió Cipolla con energía, y sacudió el látigo. Se vio al joven mover el cuello y levantar una mano, mientras uno de sus talones se volvía hacia fuera. Sin embargo, tras tales indicios de espasmódica tentación, indicios que ahora aumentaban y luego disminuían, transcurrió largo tiempo. Todos comprendían que se trataba de vencer un propósito de resuelta oposición, una heroica obstinación: aquel valiente quería rescatar el honor de la especie humana. Temblaba, pero no bailaba, y el experimento se alargaba tanto que el Cavaliere se vio obligado a dividir su atención; de vez en cuando se volvía hacia el escenario y hacia quienes bailando se movían en él, haciendo chascar el látigo en su dirección para tenerlos bajo tutela, mientras, en aparte, informaba al público que aquéllos, por más que bailaran, no iban a sentir cansancio alguno, porque, en realidad, no eran ellos quienes lo hacían, sino él mismo. Después, volvió a hundir la mirada en la nuca del romano, para desbaratar aquella voluntad que se oponía a su tiranía.

Era posible ver vacilar aquella fortaleza bajo los latigazos y las órdenes perentorias. La escena era seguida con una objetiva participación, no exenta de apasionadas intervenciones, de sentimientos de conmiseración y de cruel satisfacción. Si lo entendí bien, el caballero sucumbió por la posición negativa sostenida en la lucha. Cabe presumir que no se puede vivir psíquicamente de no querer;

no querer hacer una cosa que no es ya, a la larga, un índice de vida; no querer algo y, en general, no querer ya nada más, y sin embargo, hacer lo que se nos exige, son quizá dos cosas demasiado próximas como para que la idea de libertad no se vea forzosamente en apuros; y, efectivamente, en este sentido iban las intimaciones que el Cavaliere intercalaba entre órdenes y latigazos, entremezclando influencias cuyo secreto poseía con otras aptas para confundir psicológicamente.

—*Balla!* —decía—. ¿Por qué atormentarse así? ¿Llamas libertad a la violencia que te haces? *Una ballatina!* ¿No sientes que te atrae de todas partes? ¡Qué placer dejar que los miembros hagan su voluntad! Ea, ya estás bailando. ¡Esto ya no es lucha, ya es placer!

Y así era: el cuerpo de su antagonista estaba cada vez más convulso y agitado, levantó los brazos y las rodillas y, de repente, todas sus articulaciones se soltaron, dejó libres los miembros y bailó. Mientras la gente aplaudía, el Cavaliere lo llevó a escena, para incorporarlo a los demás títeres. Pudimos ver entonces el rostro del vencido, expuesto allá arriba al público: «se divertía» con una franca sonrisa, los ojos entrecerrados. Y era una especie de consuelo ver que se hallaba mejor que cuando se mostraba orgulloso...

Cabe decir que su «caso» hizo época. Con él se rompió el hielo, el triunfo de Cipolla alcanzó su apogeo: la varita del mago, aquel restallante látigo del mango en forma de garra, dominaba sin límites. En el momento que recuerdo —ya pasada la medianoche— bailaban sobre el pequeño escenario unas ocho o diez personas, y también toda la sala estaba en movimiento: una inglesa con impertinentes y largos dientes había salido de su fila para ejecutar en el pasillo central una *tarantella*.

Sentado en actitud indolente sobre una silla de anea, a la izquierda del escenario, Cipolla aspiraba el humo de su cigarrillo, para dejarlo luego escapar con arrogancia entre sus feos dientes. Con los ojos puestos en la agitación de la sala, golpeaba el suelo con la punta de los pies, sacudidos los hombros de vez en cuando por una tácita risa, y en determinados momentos hacía silbar el látigo para animar a algunos de los bailarines que parecían estar cediendo en su convulsiva euforia.

Los niños estaban despiertos. Lo digo con cierta vergüenza. No era conveniente estar allí, para ellos menos que nunca, y el que no los hiciéramos salir de la sala sólo puedo explicármelo por una suerte de contagio de la relajación dominante, que a aquellas altas horas nos había alcanzado también a nosotros. Pero era igual: ellos, afortunadamente, no podían experimentar cuánto había de infame en aquel espectáculo. Su misma inocencia les hacía hallar siempre un nuevo placer en el excepcional privilegio de poder presenciar un espectáculo como aquél: la velada de un mago. Cada cuarto de hora volvían a dormirse sobre nuestras rodillas, pero ahora, las mejillas coloradas y como ebrios los ojos, reían de todo corazón al contemplar los saltos que el señor del espectáculo hacía dar a la gente. No se habían imaginado que fuera tan divertido, y con sus torpes manitas se unían alegres a los aplausos. Pero cuando Cipolla hizo una seña a su amigo Mario, Mario el del Esquisito, el entusiasmo les hizo botar de alegría en sus asientos. En efecto, Cipolla le hizo una gráfica seña, con la mano delante de la nariz, alargando y doblando el índice a manera de garfio.

Mario obedeció. Aún le veo subiendo los escalones hacia el Cavaliere, que seguía moviendo el índice de aquel modo grotescamente ejemplar. Un cierto instante, el joven vaciló, y también esto lo recuerdo con precisión. Durante toda la velada había permanecido en pie en el pasillo lateral, con los brazos cruzados o metidas las manos en los bolsillos de la chaqueta, apoyado en una columna de madera, allí donde se hallaba también el *giovanotto* del peinado belicoso. Por lo que nos fue dado observar, había seguido atentamente el espectáculo, pero sin mucha alegría y sabe Dios con cuánta comprensión. Al parecer, la invitación a colaborar no debió de ser muy de su agrado. Que hubiera obedecido a la seña, no dejaba de ser comprensible: formaba parte de su profesión de camarero el hacerlo, mientras que, de otro lado, era psicológicamente imposible que un muchacho sencillo como lo era él pudiera negar obediencia a un hombre en pleno éxito, como Cipolla en aquel momento. Con pocas o ningunas ganas se separó de la columna, y dando las gracias a los que se encontraban ante él y se volvían a mirarlo haciéndole paso, subió al escenario con una vaga sonrisa en sus gruesos labios.

Imagináoslo como un joven algo rechoncho, de veinte años, con el pelo corto, la frente baja y unos párpados demasiado pesados sobre unos ojos de un gris indefinido, con matices de un verde amarillento. Conozco estos detalles, porque habíamos hablado con él algunas veces. La parte superior de la cara, con una nariz chata y pecosa, quedaba como retirada respecto a la inferior, dominada ésta por unos gruesos labios que dejaban ver, cuando hablaba, los dientes húmedos, y la razón por la que desde el principio habíamos sentido una cierta simpatía por Mario era que aquellos tímidos labios, junto con los ojos semivelados, prestaban a su fisonomía una especie de melancolía primitiva, sin que la expresión tuviera nada de brutal. Hubiera contradicho esto último la nada común finura y elegancia de las manos, que sorprendían, aun tratándose de un meridional, por su nobleza, y por las cuales nos hacíamos servir con agrado.

Le conocíamos, si se me permite el distingo, humana y no personalmente. Le veíamos casi cada día, y habíamos tomado un cierto interés por su modo de actuar distraído, casi como ausente, que él, en brusca transición, compensaba por su puntual servicio. Su actitud era seria, y a veces risueña de cara a los niños, pero nunca arisca. Ni nada había en ella de adulación, ni de amabilidad forzada, o por mejor decirlo, renunciaba a ser amable, no pretendía de antemano resultar agradable. De todos modos, su figura nos habría quedado grabada: uno de aquellos insignificantes recuerdos de viaje que se conservan mejor que otros, de mayor relieve. De su vida sabíamos sólo que su padre era un escribiente del Ayuntamiento y su madre una lavandera.

La chaqueta blanca del oficio le iba mejor que el traje cruzado, de una tela ligera y rayada, con que subió al escenario. No llevaba cuello sino un pañuelo de seda brillante cuyos extremos desaparecían bajo las solapas de la chaqueta. Se acercó al Cavaliere, pero éste no dejaba de mover el dedo encorvado bajo la nariz, de modo que Mario tuvo que acercarse todavía más, junto a las piernas del poderoso, contra la silla. Entonces Cipolla, alargando los codos, lo cogió fuertemente, colocándolo de manera que no se le pudiera ver la cara. Tras haberlo examinado de los pies a la cabeza con aire indolente, divertido y dominador a un tiempo, dijo:

—¿Qué tal, *ragazzo mio*? ¿Tanto hemos tardado en conocernos? Sin embargo, puedes creerme si te digo que a ti te conozco yo hace ya mucho tiempo... Sí, claro, hace ya rato que te he echado el ojo, y me he convencido de tus excelentes cualidades. ¿Cómo he podido olvidarlo? Tanto trabajo, ¿sabes?... Pero, dime: ¿cómo te llamas? Sólo me interesa tu nombre de pila.

–Me llamo Mario –contestó el joven en voz baja.

–Ah, Mario. Muy bien. Así que tenemos ya el nombre. Un nombre corriente. Un nombre antiguo, de aquellos que mantienen vivas las heroicas tradiciones patrias. ¡Bravo! ¡Salve!

Y al decir esto, con su hombro torcido, alargó oblicuamente hacia adelante el brazo tendido y la mano plana en el saludo romano. Si estaba un poco ebrio, el gesto no podía sorprendernos, pero, sin embargo, seguía hablando como antes, con claridad y fluidez, aunque en aquel momento había en su modo de actuar y en la cadencia de sus palabras algo de hastío, de autosuficiencia, de presunción y de resentimiento.

–Bien, querido Mario –continuó–, está muy bien que hayas venido esta noche y que te hayas puesto para ello un pañuelo tan bonito, que se te adapta maravillosamente a la cara, y que te favorecerá con las chicas, las guapísimas chicas de Torre di Venere...

De entre el público en pie, de donde había salido Mario, sonó una risa: quien la había emitido era el *giovanotto* del peinado belicoso. Estaba allí, con la chaqueta sobre los hombros, y se reía con un «¡ja, ja!» lleno de brutalidad y de mofa.

A Mario, me pareció, se le estremecieron los hombros. Sea como fuere, experimentó una suerte de sacudida. Quizás hubiera sido sacudida de todo el cuerpo, y el temblor de los hombros sólo un posterior intento de disimularlo, para demostrar que tanto el pañuelo como el sexo débil le eran indiferentes.

El Cavaliere echó una mirada distraída a la platea.

—De ése no vamos a preocuparnos —dijo—. Está celoso, probablemente por el éxito de tu pañuelo entre las chicas, o quizá porque nos ve a los dos, a ti y a mí, aquí arriba, charlando amigablemente... Si quiere, le recordaré el cólico de hace un rato. Nada me costaría. Dime, Mario: tú te lo pasas bien esta noche... ¿Trabajas durante el día en alguna mercería?

—En un café —replicó el joven.

—¡Ah, así que en un café! —Esta vez Cipolla no había dado en el clavo—. Eres un *cameriere*, un copero, un Ganímedes. Aquí cumple una reminiscencia antigua. *Salvietta!*

Y con gran regocijo del público, el Cavaliere tendió de nuevo el brazo en el saludo romano.

También Mario sonreía.

—Pero antes —intercaló por ser fiel a la verdad—, durante un tiempo trabajé en una tienda de Porto Clemente. —En su observación había algo del deseo humano de colaborar al éxito de una predicción, de atribuirle elementos de verdad.

—Bien, bien. ¿En una mercería tal vez?

—Había peines y cepillos —replicó evasivo Mario.

—¿No te lo he dicho que no siempre habías sido un Ganímedes, que no siempre has trabajado con una servilleta sobre el brazo? Hasta cuando Cipolla falla, lo hace de un modo que inspira confianza. Dime: ¿tienes confianza en mí?

Un movimiento indeciso.

—Media respuesta —hizo constar el Cavaliere—. Sin duda, es difícil conquistar tu confianza. Ni a mí, me doy cuenta, me resulta fácil. Noto en tu rostro reserva, tristeza, *un tratto di malinconia*... Dime ahora —y con gesto persuasivo tomó la mano del muchacho—, ¿tienes alguna pena?

—*Nossignore* —replicó éste, rápido y decidido.

—Sí que la tiene —insistió el charlatán, contraponiendo su autoridad a aquella decidida respuesta—. ¿Cómo quieres que no vea? ¡Cuéntaselo todo a Cipolla! Seguro que se trata de chicas, de alguna chica. Tienes penas de amor.

Mario movió vivamente la cabeza. Al mismo tiempo, resonó otra vez, a nuestro lado, la risa brutal del *giovanotto*. El Cavaliere volvió la atención a aquella parte. Sus ojos no miraban a un sitio fijo, pero estaba atento a aquella risa; después, como ya había hecho una o dos veces durante su conversación con Mario, hizo silbar el látigo hacia atrás, contra el grupo de los que se agitaban, para que a ninguno se le mitigara su ardor. Con todo ello estuvo a punto de escapársele su interlocutor, porque con un imprevisto movimiento le volvió la espalda, hacia los escalones. Todo alrededor se le habían enrojecido los ojos. Cipolla logró asirlo en el último instante.

—¡Alto aquí! —dijo—. Sólo faltaría esto. ¿Vas a irte ahora, Ganímedes, ahora que viene lo mejor? Si te quedas, te prometo cosas estupendas. Te prometo convencerte de lo mal fundado de tu pena. Aquella chica a la que tú conoces y que también otros conocen, aquella... Pero ¿cómo demonios se llama? Espera..., leo el nombre en tus ojos, lo tengo ya en la punta de la lengua, y tú también, lo veo, estás a punto de pronunciarlo...

—¡Silvestra! —gritó el *giovanotto* desde el pasillo.

El Cavaliere no movió ni una ceja.

—Por lo que parece hay personas indiscretas —dijo, sin mirar a la sala, y como en conversación aparte con Mario—.

Son gallitos más que indiscretos, que cacarean a tiempo y a destiempo. Éste nos quita el nombre de la boca, a ti y a mí, y hasta debe creerse, el muy vanidoso, que posee algún derecho particular. Dejémosle. Pero Silvestra, tu Silvestra, ésa sí que es una chica de verdad, ¿no? ¡Un auténtico tesoro! Se te para el corazón sólo con verla caminar, respirar, sonreír: tan hermosa es. Y sus brazos redondos, cuando lava, y echa luego atrás la cabeza, sacudiéndose el pelo de la frente. ¡Un ángel del paraíso!

Mario lo miraba fijamente, con la cabeza hacia adelante. Parecía haberse olvidado del público y de su misma situación. Las manchas rojas en torno a los ojos se habían agrandado y parecían como pintadas. Rara vez me ha ocurrido asistir a algo parecido. Sus gruesos labios estaban abiertos.

—Y ese ángel te apena —continuó Cipolla—, o mejor dicho, tú te apenas por él... Hay una gran diferencia, querido amigo mío, una diferencia fundamental, ¡ya me lo puedes creer! En el amor suele haber malentendidos; aún más, ningún otro estado de ánimo engendra tantos. Estarás pensando: «¿qué sabrá Cipolla del amor, él, con esa deformidad física?». Estás muy equivocado: entiende mucho de ello, entiende mucho en extensión y en profundidad: conviene prestarle oídos en cuestiones amorosas. Pero dejemos a Cipolla, saquémoslo del juego y pensemos sólo en Silvestra, ¡en tu bella Silvestra! ¿Cómo? ¿Habría de preferir sobre ti a uno de esos gallitos cacareantes, para que éste ría y tú llores? ¿Preferirle a ti, un muchacho tan simpático, tan sensible? No puede ser cierto, es imposible, bien lo sabemos nosotros, Cipolla y ella. Si me pusiera en su lugar y hubiera de escoger entre un tonto de marca como tu rival, una pescadilla en conserva, y un Mario, un caballero de la servilleta, que se mueve entre señores, que escancia con desenvoltura bebidas a los forasteros y que me quiere de verdad, con tierno afecto..., a fe mía que la elección no sería difícil para mi corazón, sé muy bien a quién entregárselo: al único que desde hace ya tiempo, sonrojándome, se lo he dado. Ya que es hora de que lo vea y lo comprenda, él, mi elegido... Ya es hora de que tú me mires y me reconozcas... Mario, amor mío... Dime: ¿quién soy yo?

Era horrible ver cómo aquel impostor trataba de fingir cariño, girando coquetonamente los hombros torcidos, entornando mimoso los hinchados ojos, mostrando, en fin, en dulzona sonrisa, sus dientes cariados. Ah, pero ¿qué se ha hecho de nuestro Mario, durante todo su engañoso parlamento? Difícil me es decirlo, tanto como me era difícil mirarle, porque se trataba de la puesta al desnudo de un alma, de la pública exhibición de una pasión tímida y locamente feliz. Mario había juntado las manos delante de la boca, sus hombros se levantaban y se bajaban con una respiración violenta. Sin duda, en su felicidad, no daba crédito a los ojos ni a los mismos oídos, olvidando que no debía, en serio, creerlos.

—¡Silvestra! —suspiró, sobrecogido, de lo más hondo.

—¡Bésame! —díjole el jorobado—. Créeme, puedes hacerlo. Te quiero. Bésame, aquí...

Y con la punta del índice, tendiendo brazo, mano y meñique, señaló la mejilla, junto a la boca.

Mario se inclinó y le besó.

En la sala se había hecho un profundo silencio. El espectáculo de la felicidad de Mario era grotesco, monstruoso y alucinante. Cuanto se pudo oír en aquella angustiosa pausa, en la que todas las relaciones de dicha e ilusión se impusieron al sentimiento, fue —no al principio, sino inmediatamente después de la unión triste y lamentable de los labios de Mario con aquella repugnante carne ofrecida a su ternura– la risa del *giovanotto* a nuestra izquierda: brutal, maligna, fue lo único que rompió la espera tensa, si bien –y no creo con ello equivocarme– no careciera de un timbre, de un matiz de piedad ante tanto desvalimiento trasoñado, y aunque también resonara en ella el grito de *poveretto!* que el mago había estimado antes estar mal dirigido, adoptándolo para él.

Al mismo tiempo, sin embargo, mientras aún resonaba la risa, el allá arriba obsequiado con un beso hizo restallar abajo el látigo junto a las patas de la silla. Mario, despierto, se incorporó bruscamente. Allí se mantenía, rígido, de pie, con el cuerpo hacia atrás, apretándose con ambas manos los labios ultrajados. Luego se golpeó varias veces las sienes con los nudillos y dando media vuelta se precipitó por la escalera, mientras la sala aplaudía y Cipolla, las manos juntas sobre las rodillas, se reía con fuertes sacudidas de los hombros. Una vez abajo, en plena carrera, se volvió con las piernas abiertas hacia el escenario, tendió el brazo, y dos detonaciones fuertes y secas traspasaron risas y aplausos.

Se hizo un repentino silencio. Incluso los bailarines dejaron de moverse y miraron con ojos desorbitados. De un salto había trepado Cipolla a la silla. Allí estaba, con los brazos tendidos en actitud defensiva, como si quisiera gritar:

–¡Alto! ¡Silencio! ¡Apartaos! ¿Qué es esto?

Y al instante se desplomó sobre la silla con la cabeza caída sobre el pecho, cayendo luego al suelo, donde quedó inmóvil, amasijo descompuesto de ropa y huesos retorcidos.

El tumulto resultó indescriptible. Presas de convulsiones, varias señoras ocultaron el rostro en el pecho de sus acompañantes. Alguien preguntó por un médico, por la policía. Fue asaltado el escenario. Algunos se abalanzaron sobre Mario para desarmarlo, para arrebatarle el pequeño artefacto metálico que, apenas una pistola, le colgaba de la mano, y cuyo cañón, casi inexistente, acababa de marcar tan extraño e imprevisto rumbo al destino.

Cogimos, pues, a los niños y los arrastramos hacia la salida, cruzándonos con la pareja de carabineros que entraba.

—¿También era eso parte del final? —quisieron saber, para irse tranquilos.

—Sí, lo era —les confirmamos nosotros. Un final terrible, un final catastrófico. Y, sin embargo, un final liberador. No pude, ni puedo por menos de sentirlo todavía así.

ÍNDICE

Prólogo 7
La muerte en Venecia 17
Mario y el mago 123

Esta edición de *La muerte en Venecia* y *Mario y el mago*,
de Thomas Mann,
se terminó de imprimir en Liberdúplex,
el 12 de noviembre de 2012